青鬼《あおおに》

真《ま》夜《よ》中《なか》の地《ち》下《か》病《びょう》棟《とう》

noprops《ノプロプス》／原作
黒田研二《くろだけんじ》／著
鈴羅木《すずらぎ》かりん／イラスト

PHP
ジュニアノベル

卓《たく》郎《ろう》
東部小学校《とうぶしょうがっこう》の五年生《ごねんせい》。頭《あたま》の回転《かいてん》が早《はや》く、
決断力《けつだんりょく》と行動力《こうどうりょく》がある。頼《たよ》れる存在《そんざい》。
ひろし
北部小学校《ほくぶしょうがっこう》の五年生《ごねんせい》。小学生《しょうがくせい》とは思《おも》えない、
洞察力《どうさつりょく》と知識《ちしき》がある。なぞ解《と》きが得意《とくい》。
美《み》香《か》
東部小学校《とうぶしょうがっこう》の五年生《ごねんせい》。幼《おさな》なじみの卓郎《たくろう》と、
いつも一緒《いっしょ》にいる。運動神経《うんどうしんけい》バツグン。
たけし
南部小学校《なんぶしょうがっこう》の五年生《ごねんせい》。お調子物《ちょうしもの》で臆病《おくびょう》。
でも、誰《だれ》よりも友達思《ともだちおも》いのイイヤツ。

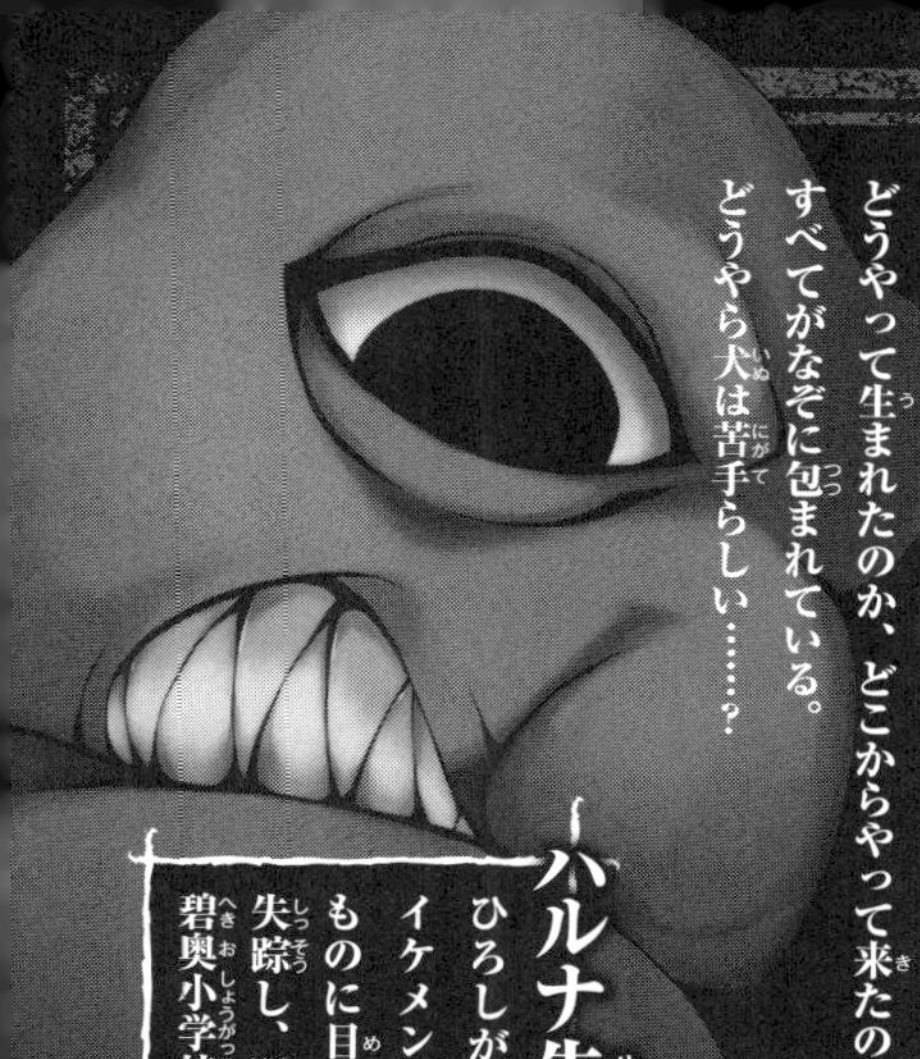

怪《かい》物《ぶつ》

ブルーベリー色《いろ》の巨人《きょじん》。人間《にんげん》を見《み》ると襲《おそ》いかかってくる。ひろしたちは、自分《じぶん》たちが住《す》む街《まち》の外《はず》れにある洋館《ようかん》「ジェイルハウス」と、今《いま》は廃校《はいこう》になっている「碧奥小学校《へきおしょうがっこう》」でこの怪物《かいぶつ》に出会《であ》っているが、どうやって生《う》まれたのか、どこからやって来《き》たのか、すべてがなぞに包《つつ》まれている。どうやら犬《いぬ》は苦手《にがて》らしい……？

タケル

ビジョン・フリーゼという種類《しゅるい》の犬《いぬ》。大切《たいせつ》な人《ひと》たちを助《たす》けるために、青鬼《あおおに》と勇敢《ゆうかん》にたたかった。人間《にんげん》の言葉《ことば》をすべて理解《りかい》しているが、バレると面倒《めんどう》なので秘密《ひみつ》にしている。お肉《にく》が大好《だいす》き。

ハルナ先生《せんせい》

ひろしが通《かよ》う北部小学校《ほくぶしょうがっこう》の教師《きょうし》。イケメンと、動物《どうぶつ》などのカワイイものに目《め》がない。生徒《せいと》たちが多数《たすう》失踪《しっそう》し、閉鎖《へいさ》されることになった碧奥小学校《へきおしょうがっこう》の元《もと》・生徒《せいと》でもある。

クロさん

ネイチャーガイド。卓郎《たくろう》と美香《みか》が通《かよ》う東部小学校《とうぶしょうがっこう》の課外授業《かがいじゅぎょう》で、ガイドをしていたことをきっかけに、ひろしたちと知《し》り合《あ》う。

目《もく》次《じ》

あらすじ

町外《まちはず》れの洋館《ようかん》・ジェイルハウスと、廃校《はいこう》となった碧奥小学校《へきおしょうがっこう》で二度《にど》にわたって恐《おそ》ろしい怪物《かいぶつ》に遭遇《そうぐう》したぼく――タケル。お調子者《ちょうしもの》のたけし君《くん》、博識《はくしき》なひろし君《くん》、しっかり者《もの》の卓郎君《たくろうくん》、運動神経《うんどうしんけい》バツグンの美香《みか》ちゃんたちといっしょに、勇気《ゆうき》をだして「怪物《かいぶつ》」と「謎《なぞ》」に立《た》ち向《む》かい、命《いのち》からがら脱出《だっしゅつ》することができたんだ。

今日《きょう》はネイチャーガイドのクロさんが楽《たの》しいイベントを企画《きかく》してくれたみたいで、とっても楽《たの》しみ。ぼくたちと一緒《いっしょ》に碧奥小学校《へきおしょうがっこう》に閉《と》じ込《こ》められたハルナ先生《せんせい》も参加《さんか》してくれることになったし、にぎやかになりそう！

きっと、楽《たの》しい一日《いちにち》になるよね……？

1 山頂《さんちょう》での出来事《できごと》

雲《くも》ひとつない空《そら》を見上《みあ》げながら、お父《とう》さんの真似《まね》をして深呼吸《しんこきゅう》をくり返《かえ》す。

山頂《さんちょう》の空気《くうき》は冷《つめ》たく、鼻《はな》のあたりがひんやりした。

「どうだ？　うまいだろう？」

お父《とう》さんが笑《わら》っていう。でも、ぼくにはそのおいしさがまったくわからない。ハンバーグの味《あじ》がするっていうなら、金魚《きんぎょ》みたいにいつまでも口《くち》をパクパク動《うご》かし続《つづ》けるんだけど。

最初《さいしょ》に自己紹介《じこしょうかい》をしておこう。ぼくはタケル。ビション・フリーゼという種類《しゅるい》の真《ま》っ白《しろ》でモフモフな犬《いぬ》だ。人間《にんげん》の言葉《ことば》がなんでもわかっちゃうという特別《とくべつ》な力《ちから》を持《も》っているけれど、そのことは秘密《ひみつ》にしている。天才犬《てんさいけん》などともてはやされて、今《いま》の幸《しあわ》せな時間《じかん》を失《うしな》うのは絶対《ぜったい》にゴメンだ。

「空気《くうき》はもういいよ。いくら食《た》べたってお腹《なか》いっぱいにならないんだからさ」

まるで、こちらの心《こころ》を読《よ》み取《と》ったかのように、たけし君《くん》がぼくと同《おな》じ感想《かんそう》を口《くち》にする。

「みんな、早《はや》くバーベキュー広場《ひろば》に行《い》こうよ」

たけし君《くん》は大声《おおごえ》でそうさけんだが、誰《だれ》も返事《へんじ》をしない。

卓郎君《たくろうくん》は展望台《てんぼうだい》に設置《せっち》された大《おお》きな双眼鏡《そうがんきょう》をのぞきこんだまま動《うご》かないし、美香《みか》ちゃんは夕ンポポの綿毛《わたげ》みたいな形《かたち》をしたうす紫色《むらさきいろ》の花《はな》を興味深《きょうみぶか》そうにながめている。

ふたりの間《あいだ》をあわただしくかけ回《まわ》っていたのはひろし君《くん》だ。なにをしているのかと思《おも》ったら、どうやら赤《あか》とんぼを追《お》いかけているらしい。

いつもは誰《だれ》よりも落《お》ち着《つ》いているのに、いったんスイッチが入《はい》ると、周《まわ》りのことなどおかまいなしで突拍子《とっぴょうし》もない行動《こうどう》に出《で》ることが多《おお》い。たぶん、赤《あか》とんぼになにかひかれるところがあったんだろう。

風向《かざむ》きがわずかに変《か》わり、たくさんのテーブルやイスが並《なら》んだ広場《ひろば》のほうから、食欲《しょくよく》をそそるおいしそうなにおいがただよってきた。

鼻《はな》を動《うご》かし、においのもとを分析《ぶんせき》する。カボチャにトウモロコシ……ホタテ……ウィンナー……そしてお肉《にく》！　ソースがたっぷりかかった焼《や》きそばの香《かお》りもした。

口《くち》のはしからよだれがこぼれ落《お》ちる。お腹《なか》の虫《むし》がグウグウとさわぎ始《はじ》めた。

本当《ほんとう》は一目散《いちもくさん》にかけ出《だ》して、食《た》べ物《もの》に飛《と》びつきたかったが、それがはしたない行為《こうい》だということは百《ひゃく》も承知《しょうち》だ。ぼくはしっぽをふりながら、お父《とう》さんの顔《かお》を見上《みあ》げた。

ねえ、まだあっちには行《い》かないの？

そう目《め》でうったえたけど、お父《とう》さんは相変《あいか》わらず深呼吸《しんこきゅう》を続《つづ》けている。

ぼくは地面《じめん》に寝《ね》そべり、「さあ、そろそろお昼《ひる》にしようか」とお父《とう》さんがいい出《だ》すのを辛抱強《しんぼうづよ》く待《ま》った。

たけし君《くん》はもう少《すこ》しこの場《ば》にとどまるか、それともバーベキュー広場《ひろば》に向《む》かおうか迷《まよ》っているらしく、お腹《なか》をおさえて「うう、うう」とうなりながら、ぼくの周《まわ》りを落《お》ち着《つ》きなく歩《ある》き回《まわ》る。

風《かぜ》が強《つよ》く吹《ふ》き、ひときわおいしそうなにおいがぼくの鼻先《はなさき》をなでた。こんがり焼《や》けた肉《にく》の香《かお》りに、居《い》ても立《た》ってもいられなくなる。

「もうガマンできないっ！　オレ、先《さき》に行《い》くからな！」

たけし君《くん》はそうさけぶと、広場《ひろば》に向《む》かってわき目《め》もふらずに走《はし》り始《はじ》めた。

あ、ずるい。だったら、ぼくもいっしょに。

お父《とう》さんの許《ゆる》しをもらわずに、たけし君《くん》のあとを追《お》いかけることを決《き》める。

ぼくが悪《わる》いんじゃない。ぼくを誘惑《ゆうわく》するこのにおいが悪《わる》いのだ。お父《とう》さんにしかられたってかまうものか。

今《いま》はもう広場《ひろば》のごちそうのことしか考《かんが》えられなかった。

お父《とう》さん、ゴメンなさい。はしたないぼくをお許《ゆる》しください。

そうつぶやき、後《うし》ろあしで力強《ちからづよ》く地面《じめん》をけろうとした、そのときだ。

「みんな、バーベキューの準備《じゅんび》ができたよーっ！」

広場《ひろば》のほうからハルナ先生《せんせい》の声《こえ》が聞《き》こえた。

「待《ま》ってましたーっ！」

走《はし》りながらたけし君《くん》がジャンプする。

「あ、うわ、おっとっと」

しかし、調子《ちょうし》にのって高《たか》く飛《と》びすぎたのか、着地《ちゃくち》に失敗《しっぱい》してバランスを大《おお》きくくずした。

「うわああああっ！」

土煙《つちけむり》をあげながら前方《ぜんぽう》に二回転《にかいてん》して、そのまま勢《いきお》いよくたおれこむ。

あーあ。大丈夫《だいじょうぶ》かな？

たけし君《くん》はいつもそうぞうしくて、見《み》ていてあきることがない。

「お、いいにおいだな」

空気《くうき》を食《た》べていたお父《とう》さんが、ようやくこちらの世界《せかい》にもどってきた。ぼくがいつもやるみたいに、鼻《はな》をひくひく動《うご》かしてにっこり笑《わら》う。

早《はや》く行《い》こうよ。

ぼくはお父《とう》さんの笑顔《えがお》が大好《だいす》きだ。情《なさ》けなく垂《た》れ下《さ》がった目《め》じりと右《みぎ》のほおにだけできるえくぼを見《み》ているだけで、幸《しあわ》せな気分《きぶん》にひたることができる。

早《はや》く！　早《はや》く！

足《あし》もとをぐるぐるかけ回《まわ》って、お父《とう》さんを急《せ》かした。

派手《はで》に転《ころ》んだたけし君《くん》はまだ起《お》き上《あ》がろうとしない。地面《じめん》にはいつくばったまま、頭《あたま》だけを動《うご》かしてきょろきょろしている。

けがでもしたのかと心配《しんぱい》になり、ぼくはたけし君《くん》のそばにかけ寄《よ》った。全身土《ぜんしんつち》まみれだが、どうやら痛《いた》めたところはなさそうだ。

「転《ころ》んだときにくつがぬげちゃった。片方《かたほう》だけ見当《みあ》たらないんだけど、どこだ、どこだ？　今日《きょう》のために買《か》ってもらったくつなのに。どうしよう？　見《み》つからなかったら父《とう》ちゃんに怒《おこ》られちまう」

まったく世話《せわ》の焼《や》ける……。

少《すこ》しはなれたところに転《ころ》がっていたスニーカーをくわえて拾《ひろ》い上《あ》げ、たけし君《くん》に渡《わた》す。

「お。タケル、見《み》つけてくれたのか。サンキュー！」

たけし君《くん》はぱっと顔《かお》を明《あか》るくして、ぼくの頭《あたま》をぐりぐりとなでた。

「バーベキュー、楽《たの》しみだな」

「あたし、こんな景色《けしき》のいいところでご飯《はん》を食《た》べるのって初《はじ》めてかも」

卓郎君《たくろうくん》と美香《みか》ちゃんがふたり並《なら》んで、ぼくたちのほうに近《ちか》づいてくる。

「おい、たけし。おまえ、そんなところでなにやってるんだ？　バーベキューの準備《じゅんび》ができたってさ。もたもたしてると、おまえの分《ぶん》まで食《く》っちまうぞ」

卓郎君《たくろうくん》の言葉《ことば》を聞《き》いて、たけし君《くん》の表情《ひょうじょう》が一変《いっぺん》した。素早《すばや》く立《た》ち上《あ》がると、ぬげたくつを手《て》に持《も》ったまま、全速力《ぜんそくりょく》で走《はし》り出《だ》す。

「たけし君《くん》、気《き》をつけて。昨日《きのう》の雨《あめ》でそのあたりはまだぬかるんで――」

お父《とう》さんが最後《さいご》までいい終《お》わらないうちに、たけし君《くん》はまた豪快《ごうかい》に転倒《てんとう》した。

「うおっ！」

たけし君《くん》のさけび声《ごえ》があたりにこだまし、同時《どうじ》に彼《かれ》のくつが天高《てんたか》くまい上《あ》がる。

……やれやれ。もう助《たす》けに行《い》くつもりはない。

「あれ？　ひろし君《くん》は？」

そういって、お父《とう》さんがあたりを見回《みまわ》す。確《たし》かに、ひろし君《くん》の姿《すがた》だけ見当《みあ》たらない。どこへ行《い》ったのだろう？

嗅覚《きゅうかく》でひろし君《くん》を探《さが》す。バーベキューのおいしそうな香《かお》りがじゃましたが、リンドウによく似《に》たひろし君《くん》のにおいはすぐにわかった。

バーベキュー広場《ひろば》とは逆《ぎゃく》の方向《ほうこう》へふらふらと歩《ある》いていくひろし君《くん》を見《み》つける。視線《しせん》ははるか上空《じょうくう》をさまよっていた。どうやら、あきもせず赤《あか》とんぼを追《お》いかけているらしい。

ひろし君《くん》はひとつのものに夢中《むちゅう》になると、とたんに周《まわ》りのものが見《み》えなくなる。今《いま》もそうだった。

赤《あか》とんぼのなにがそんなにめずらしいのかよくわからないけれど、それを観察《かんさつ》することばかりに夢中《むちゅう》になって、立入禁止《たちいりきんし》の看板《かんばん》の向《む》こう側《がわ》へ足《あし》をふみ入《い》れてしまっていた。そのまままっすぐ進《すす》んだら、先《さき》にあるのはがけだ。

がけの手前《てまえ》にはロープが張《は》ってあるし、危険《きけん》をうながす立《た》て看板《かんばん》もたくさん立《た》っている。ふつうは気《き》づくはずだが、ひろし君《くん》の場合《ばあい》、常識《じょうしき》はあまり通用《つうよう》しない。

「ひろし君《くん》、その先《さき》は危《あぶ》ないよ！　もどってきなさい！」

お父《とう》さんもひろし君《くん》の姿《すがた》に気《き》づいたらしい。めったに聞《き》いたことのない大声《おおごえ》を張《は》り上《あ》げたが、ひろし君《くん》の耳《みみ》には届《とど》かなかった。いや、届《とど》いているのだろうが、すべての意識《いしき》が赤《あか》とんぼに集中《しゅうちゅう》してしまっているのだ。

このままだと本当《ほんとう》に危険《きけん》だ。

ぼくはお父《とう》さんのそばをはなれ、全速力《ぜんそくりょく》でひろし君《くん》のもとへ向《む》かった。できるかぎりの大声《おおごえ》でほえる。近《ちか》くにいた幼《おさな》い女《おんな》の子《こ》がぼくにおどろき、「きゃっ！」と短《みじか》い悲鳴《ひめい》をあげるのがわかった。

おどかしてゴメンなさい。

でも、今《いま》は立《た》ち止《ど》まって謝《あやま》るよゆうがない。

自分《じぶん》の身《み》が危険《きけん》にさらされているなんてこれっぽちも思《おも》っていないひろし君《くん》は、がけに向《む》かってためらうことなく進《すす》んでいた。

がけまでのきょりはわずか数《すう》メートル。運《うん》の悪《わる》いことに、古《ふる》くなってちぎれてしまったのか、ひろし君《くん》の進《すす》む先《さき》だけ転落防止用《てんらくぼうしよう》に張《は》られたロープが存在《そんざい》しない。まずい。このままだと本当《ほんとう》にがけから落《お》ちてしまうかも。

ぼくは猛《もう》スピードで突《つ》き進《すす》んだが、ひろし君《くん》とのきょりはまだ相当《そうとう》はなれている。

ダメだ。間《ま》に合《あ》いそうにない。

のどが痛《いた》くなるくらいほえまくったが、ひろし君《くん》がこちらに気《き》づく様子《ようす》はなかった。

安全柵《あんぜんさく》のわずかな切《き》れ目《め》をすり抜《ぬ》け、ひろし君《くん》はがけのすぐ手前《てまえ》まで進《すす》んだ。あと一歩《いっぽ》ふみ出《だ》せば、そこにはもう地面《じめん》がない。

間《ま》に合《あ》わない！

絶望《ぜつぼう》に打《う》ちひしがれそうになったその瞬間《しゅんかん》、黒《くろ》い影《かげ》がひろし君《くん》の前《まえ》に現《あらわ》れた。目《め》にもとまらぬ速《はや》さで、彼《かれ》の細《ほそ》いうでをつかむ。そのままぐいと引《ひ》き寄《よ》せ、ひろし君《くん》を胸《むね》に抱《かか》えた。

「おいおい、めがね小僧《こぞう》。気《き》をつけてくれよ」

迷彩柄《めいさいがら》のタンクトップを身《み》に着《つ》けた男性《だんせい》は、そういってひろし君《くん》にほほえんだ。ぼくたちをこのハイキングにさそってくれたネイチャーガイドのクロさんだった。

……よかった。

ぼくはホッと胸《むね》をなで下《お》ろしながら、ふたりのそばへかけ寄《よ》った。

「君《きみ》、もうちょっとでがけから落《お》ちるところだったんだぞ」

「ああ……すみません」

ひろし君《くん》が小《ちい》さく頭《あたま》を下《さ》げる。とりあえず謝《あやま》るポーズを見《み》せてはいるものの、視線《しせん》は相変《あいか》わらず宙《ちゅう》をさまよったままだ。まるでこりることなく、今《いま》もまだ見失《みうしな》った赤《あか》とんぼを探《さが》しているらしい。

「いったい、なににそんなに夢中《むちゅう》になってたんだ？」

「変種《へんしゅ》のアキアカネを見《み》つけました」

ひろし君《くん》は興奮《こうふん》した口調《くちょう》でいった。

「変種《へんしゅ》？　どうしてそう思《おも》ったんだい？」

クロさんの質問《しつもん》に、ひろし君《くん》はほんの少《すこ》しだけ間《ま》を置《お》いて答《こた》えた。

「そのアキアカネ……からだが青《あお》かったんです」

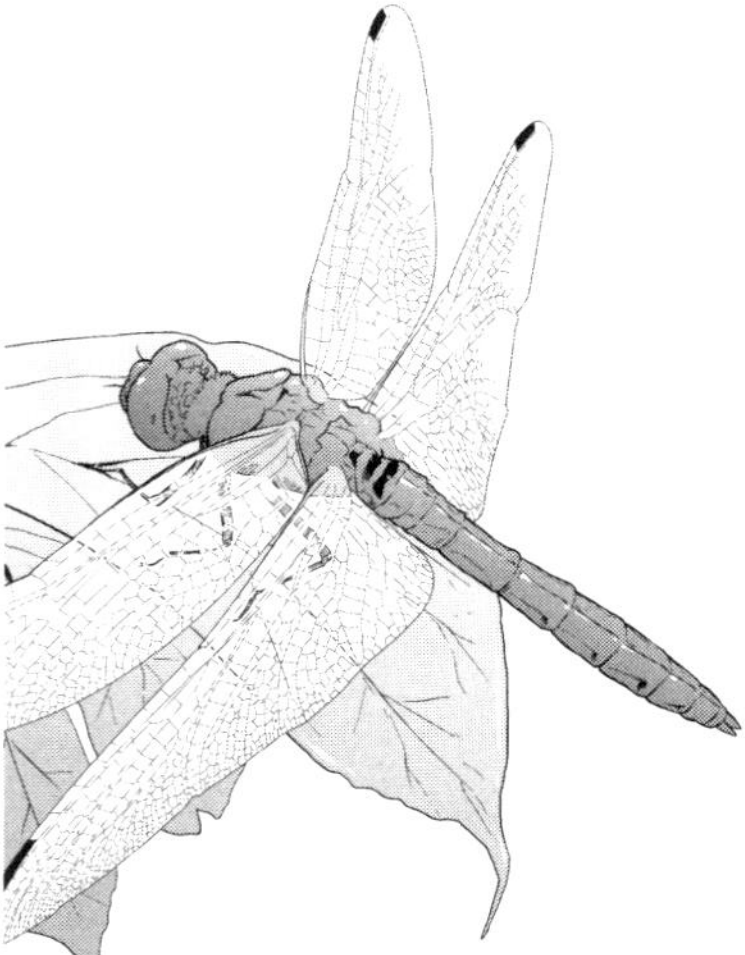

2 キノコのおばけ

碧奥高原近《へきおこうげんちか》くの廃校《はいこう》で大冒険《だいぼうけん》をしてから三日後《みっかご》。碧奥高原《へきおこうげん》よりもさらに奥地《おくち》にある標高五百《ひょうこうごひゃく》メートルの碧奥山《へきおさん》へ、ぼくたちはハイキングにやって来《き》ていた。

企画《きかく》したのはネイチャーガイドのクロさんだ。ネイチャーガイドというのは山《やま》や川《かわ》、海《うみ》など自然《しぜん》のあふれる場所《ばしょ》で、みんなが安全《あんぜん》に楽《たの》しく遊《あそ》べるよう案内《あんない》をしてくれる人《ひと》のことらしい。

クロさんとは三日前《みっかまえ》に知《し》り合《あ》った。卓郎君《たくろうくん》や美香《みか》ちゃんの通《かよ》う東部小学校《とうぶしょうがっこう》の課外授業《かがいじゅぎょう》で、生徒《せいと》たちの面倒《めんどう》をみているところに、ぼくやひろし君《くん》が偶然通《ぐうぜんとお》りかかったのがきっかけだ。

ぼくたちは廃校《はいこう》に閉《と》じこめられ、今思《いまおも》い出《だ》してもぞっとする大変《たいへん》な目《め》にあった。命《いのち》からがら校舎《こうしゃ》の外《そと》へ逃《に》げ出《だ》したぼくたちは、無事《ぶじ》クロさんたちに見《み》つけてもらったのだけれど、そのあとが大変《たいへん》だった。

全員《ぜんいん》すぐに病院《びょういん》へ運《はこ》ばれてけががないか診察《しんさつ》され、警察《けいさつ》にもあれこれ事情聴取《じじょうちょうしゅ》を受《う》けて、それだけで丸一日《まるいちにち》つぶれてしまったのだ。

結局《けっきょく》、卓郎君《たくろうくん》と美香《みか》ちゃんは課外授業《かがいじゅぎょう》へ参加《さんか》することができなかった。楽《たの》しみにしていたオリエンテーリングもキャンプファイヤーも欠席《けっせき》。

気《き》の毒《どく》に思《おも》ったクロさんは、課外授業《かがいじゅぎょう》の代《か》わりにどうだろう？　といってふたりを碧奥山《へきおさん》のハイキングにさそった。

もし、よかったらお友達《ともだち》もいっしょにどうぞ。ほら、この前《まえ》、キャンプ場《じょう》で出会《であ》ったほかの小《しょう》学校《がっこう》の友達《ともだち》がいただろう？　みんなもずいぶんとこわい思《おも》いをしたみたいだし。イヤなことがあったら、自然《しぜん》とたわむれるのがイチバンの気分転換《きぶんてんかん》になるからね。

そんなわけで、ひろし君《くん》とたけし君《くん》――そしてうれしいことにぼくにも声《こえ》がかかり、お父《とう》さんもちゃっかり便乗《びんじょう》して、みんなで碧奥山《へきおさん》へやって来《き》たというわけだ。

ぼく専用《せんよう》の食器《しょっき》にお父《とう》さんがキャベツとニンジンを入《い》れてくれた。ぼくはそれを一気《いっき》に平《たい》らげる。

……うーん、ビミョウ。

まずくはないけど、ぼくが本当《ほんとう》に食《た》べたいものはこれじゃない。たけし君《くん》がかぶりついているあれだ。

「なに、この肉《にく》？　やわらかくてジューシーでめちゃくちゃうまいじゃん」

さっきからたけし君《くん》は「うまい、うまい」を連発《れんぱつ》している。口《くち》の周《まわ》りにはべったりとソースがついていたが、そんなことはおかまいなしだ。ぬかるみで転《ころ》んで、顔《かお》が泥《どろ》だらけになったときは半泣《はんな》きだったのに、そんなことはすっかり忘《わす》れてしまったのか、幸《しあわ》せそうな表情《ひょうじょう》をうかべて、次《つぎ》から次《つぎ》へと食材《しょくざい》を平《たい》らげていく。

「それ、先生《せんせい》のおじいさんの家《うち》から送《おく》ってもらった松阪牛《まつざかうし》なのよ。超高級《ちょうこうきゅう》なお肉《にく》なんだからゆっくり味《あじ》わって食《た》べてね」

ハルナ先生《せんせい》がいった。先生《せんせい》はちゃっかりとクロさんのとなりに座《すわ》っている。

廃校舎《はいこうしゃ》で共《とも》に戦《たたか》った仲間《なかま》としてハルナ先生《せんせい》もこのハイキングに参加《さんか》しているが、さそった当《とう》初《しょ》、先生《せんせい》はあまり乗《の》り気《き》ではなかった。

ゴメンね。二学期《にがっき》の準備《じゅんび》でいろいろと忙《いそが》しくて……。

ハルナ先生《せんせい》はずいぶんとつかれた表情《ひょうじょう》をうかべていた。まあ、無理《むり》もない。不気味《ぶきみ》なうわさが絶《た》えない町《まち》はずれの洋館《ようかん》――ジェイルハウスで初《はじ》めてあの怪物《かいぶつ》と出会《であ》ったときは、ぼくも二日《ふつか》ほどご飯《はん》がのどを通《とお》らなかった。お父《とう》さんはもっと元気《げんき》がなかったことを覚《おぼ》えている。

ぼくにはよくわからないけれど、現実《げんじつ》ばなれした出来事《できごと》に遭遇《そうぐう》したとき、大人《おとな》のほうが子供《こども》よりダメージを受《う》ける度合《どあ》いが大《おお》きいのかもしれない。

お父《とう》さんがそうだったように、ハルナ先生《せんせい》も元気《げんき》になるまで、まだもう少《すこ》し時間《じかん》がかかるだろう——そう思《おも》っていたのだけれど、今回《こんかい》のハイキングがクロさんの企画《きかく》したものだとわかったとたん、先生《せんせい》の目《め》にキラキラと希望《きぼう》の光《ひかり》がさした。

え？　じゃあ、あのイケメ……じゃなくてネイチャーガイドさんもいっしょなの？　行《い》く、絶《ぜっ》対行《たいい》く。

それまでのつかれきった表情《ひょうじょう》はどこへやら。先生《せんせい》は急《きゅう》に活《い》き活《い》きとかがやき始《はじ》めた。

なにがあっても——たとえ台風《たいふう》が直撃《ちょくげき》しても絶対《ぜったい》に行《い》くからね。

さすがに台風《たいふう》が直撃《ちょくげき》したら、ハイキングは無理《むり》だと思《おも》うんだけど。

……え？　二学期《にがっき》の準備《じゅんび》？　……も、もちろん、忙《いそが》しいわよ。だけど、あなたたちだけじゃ、ネイチャーガイドさんにいろいろと迷惑《めいわく》をかけてしまうかもしれないでしょう？　だから先生《せんせい》もいっしょについていくことにします。

顔《かお》を赤《あか》くしながら、ハルナ先生《せんせい》は答《こた》えた。実《じつ》にわかりやすい反応《はんのう》だ。一生懸命《いっしょうけんめい》、言《い》い訳《わけ》をしていたけれど、先生《せんせい》がクロさんに特別《とくべつ》な感情《かんじょう》を抱《いだ》いていることは誰《だれ》の目《め》にも明《あき》らかだった。

「とんぼを追《お》いかけていてがけから落《お》ちそうになったんですって？　気《き》をつけてね、ひろし君《くん》。あなたはそういうところがあるから」

こんがり焼《や》けたお肉《にく》を取《と》り分《わ》けながら、ハルナ先生《せんせい》が口《くち》を開《ひら》いた。

先生《せんせい》はさっきからあまり食《た》べず、みんなの世話《せわ》ばかり焼《や》いている。たぶん、となりの席《せき》のクロさんによいところをアピールしたいのだろう。

そういえば、しゃべりかたもなんだかおかしい。不自然《ふしぜん》にていねいというか、いつもよりずいぶんと芝居《しばい》がかって聞《き》こえる。

「なんだよ。赤《あか》とんぼなんてべつにめずらしくねえだろ？」

コーラの缶《かん》を開《あ》けながら、卓郎君《たくろうくん》がいった。飲《の》み口《くち》から白《しろ》い泡《あわ》がふき出《だ》す。ものすごくおいしそうだが、残念《ざんねん》ながらぼくは飲《の》ませてもらえない。いつも使《つか》っている白《しろ》いトレイに入《はい》った水《みず》をペチャペチャとなめるだけ。

味気《あじけ》ない……いや、そうでもないな。ただの水《みず》なのに、いつもよりおいしく感《かん》じるのはなぜだろう？

「赤《あか》とんぼ……正式《せいしき》にはアキアカネですね」

ひろし君《くん》がいい直《なお》す。

「どっちだっていいよ、そんなの」

卓郎君《たくろうくん》はくちびるをとがらせた。

「一匹《いっぴき》だけ青《あお》いとんぼが混《ま》じっていましたので、突然変異体《とつぜんへんいたい》かと思《おも》い、つい夢中《むちゅう》になってしまいました」

ソーセージを口《くち》に運《はこ》びながら、ひろし君《くん》が答《こた》える。食《た》べながらも、あちこちをきょろきょろと見回《みまわ》していた。そのとんぼをまだ探《さが》しているのだろう。

「君《きみ》が見《み》たのは、シオカラトンボじゃないのかな？　シオカラトンボはキレイな水色《みずいろ》をしているから」

クロさんがいった。さすがネイチャーガイド。虫《むし》についてもくわしいようだ。

「僕《ぼく》も最初《さいしょ》はそう思《おも》ったのですが、しっぽの先《さき》の形状《けいじょう》を確認《かくにん》したところ、メスだとわかりました。水色《みずいろ》に変化《へんか》するのはオスだけです。あれはシオカラトンボではありません」

メガネのフレームをおし上《あ》げながら、ひろし君《くん》は淡々《たんたん》と答《こた》えた。

ぼくたちはすっかり慣《な》れてしまっていたが、ひろし君《くん》の大人顔負《おとなかおま》けの博識《はくしき》ぶりにクロさんだけが口《くち》をあんぐり開《あ》けておどろいている。

「アキアカネのオスと交尾《こうび》をくり返《かえ》していましたから、あの青《あお》い個体《こたい》もアキアカネでまちがいないと思《おも》います」

「なあ、交尾《こうび》ってなんだ？」

骨付《ほねつ》きカルビにかぶりつきながら、たけし君《くん》がとなりの美香《みか》ちゃんにたずねる。

「イヤだ。変《へん》なこときかないでもらえる？」

美香《みか》ちゃんはほっぺたを赤《あか》くして、顔《かお》をふせた。

「変《へん》なこと？　なにが変《へん》なんだよ？」

「おい、おまえはだまって肉《にく》だけ食《く》ってろ」

卓郎君《たくろうくん》がたけし君《くん》をにらみつける。

「え？　なに？　なんで怒《おこ》ってるの？　オレ、なにか変《へん》なことでもいった？」

本当《ほんとう》にわかっていないらしく、たけし君《くん》はしきりに首《くび》をひねる。

「このあとも気《き》をつけてね、ひろし君《くん》」

おいしそうなお肉《にく》を皿《さら》に運《はこ》びながら、ハルナ先生《せんせい》はいった。クロさんの皿《さら》にばかり高級《こうきゅう》なお肉《にく》がのっているのは、絶対《ぜったい》に偶然《ぐうぜん》じゃないだろう。

「クロさんが近《ちか》くを通《とお》りかからなかったら、あなた、がけから落《お》ちて大《おお》けがを負《お》っていたかもしれないんだから」

「はい……すみません」

ひろし君《くん》にしてはめずらしく、なんの反論《はんろん》もせず素直《すなお》に頭《あたま》を下《さ》げる。さすがに今回《こんかい》だけは自分《じぶん》がまちがっていたと認《みと》めざるを得《え》なかったらしい。

「でも、クロさんはあんなところでなにをしていたの？　あそこって立入禁止《たちいりきんし》の場所《ばしょ》なんでしょう？」

美香《みか》ちゃんがたずねる。

「いやあ、申《もう》し訳《わけ》ない。入《はい》っちゃダメだってことはわかってたんだけど、どうしてもこれを採《と》りたくってね」

クロさんは大《おお》きなキノコを一本《いっぽん》、テーブルの上《うえ》に置《お》いた。テーブルを取《と》り囲《かこ》んでいた全員《ぜんいん》から、おどろきの声《こえ》がもれる。

「アカヤマドリタケですね。初《はじ》めて見《み》ました」

ひろし君《くん》は興味深々《きょうみしんしん》だ。

「正解《せいかい》」

クロさんが口笛《くちぶえ》を鳴《な》らした。

「君《きみ》、虫《むし》だけじゃなくて植物《しょくぶつ》にもくわしいのか。もしかしたたら、ネイチャーガイドに向《む》いてるのかもしれないね」

「いえ、それは絶対《ぜったい》にありません」

ひろし君《くん》は即座《そくざ》に否定《ひてい》した。

「どうして？」

「僕《ぼく》がネイチャーガイドなんてやったら、たぶん気《き》がついたときには全員《ぜんいん》、がけの下《した》です」

真顔《まがお》で答《こた》える。クロさんはあっけにとられた表情《ひょうじょう》をうかべたあと、声《こえ》をあげて笑《わら》い出《だ》した。

「面白《おもしろ》いね、君《きみ》」

「とくに面白《おもしろ》いことをいったつもりはありませんが――」

「……ねえ、クロさん。なんなのこれ？」

美香《みか》ちゃんがひろし君《くん》の言葉《ことば》をさえぎった。おびえるような視線《しせん》を目《め》の前《まえ》のキノコに向《む》ける。

「気味《きみ》が悪《わる》い」

そう思《おも》うのも無理《むり》はない。そのキノコはぼくの顔《かお》よりずっと大《おお》きかった。傘《かさ》の表面《ひょうめん》はひび割《わ》れ、かなりグロテスクだ。

「まるで、キノコのおばけだな」

そういって、卓郎君《たくろうくん》もしかめっ面《つら》をうかべた。

「ねえねえ、これって食《た》べられるの？」

美香《みか》ちゃんや卓郎君《たくろうくん》とは対照的《たいしょうてき》に、たけし君《くん》は身《み》を乗《の》り出《だ》し、キラキラと目《め》をかがやかせている。

「もちろん」

クロさんはうなずきながら、ハルナ先生《せんせい》のほうへ視線《しせん》を向《む》けた。

「先生《せんせい》の好物《こうぶつ》がキノコだとひろし君《くん》から聞《き》いたので、ぜひ食《た》べてもらいたいなと思《おも》って」

「え……私《わたし》のために？」

ハルナ先生《せんせい》はほっぺたに手《て》を当《あ》て、うっとりとした表情《ひょうじょう》をうかべた。

「パスタや味噌汁《みそしる》に入《い》れると絶品《ぜっぴん》なんだ。このあと、僕《ぼく》が調理《ちょうり》するから楽《たの》しみにしていてほしいな」

なんだ。ハルナ先生《せんせい》だけが一方的《いっぽうてき》にクロさんに夢中《むちゅう》になっているのかと思《おも》っていたけれど、クロさんのほうもまんざらではないらしい。

「いいねえ、青春《せいしゅん》だねえ」

お父《とう》さんはそうつぶやきながら目《め》を細《ほそ》めた。この表情《ひょうじょう》をうかべるときは、たいていお母《かあ》さんのことを思《おも》い出《だ》している。

「クロさんとハルナ先生《せんせい》、熱《あつ》いねえ。ひゅーひゅーっ！」

たけし君《くん》がふたりをひやかした。

「そんなに暑《あつ》いですか？　このあたりは風《かぜ》がふいて、とてもすずしいですけど」

ひろし君《くん》のすっとぼけたつぶやきを耳《みみ》にしながら、お父《とう》さんがうっかり地面《じめん》に落《お》としたお肉《にく》に飛《と》びつく。

……おいしいっ！

3　お父《とう》さんの異変《いへん》

昼食《ちゅうしょく》を存分《ぞんぶん》に楽《たの》しんだあと、ぼくたちはクロさんに手引《てび》きをしてもらいながら、木《き》に登《のぼ》ったり、ハンモックをつったり、ボールで遊《あそ》んだり、レクリエーションを満喫《まんきつ》した。

ボールを追《お》いかけて、草原《そうげん》を走《はし》り回《まわ》る。

ふだんはなかなかこんなふうに思《おも》いきり走《はし》ることなんてできないから、楽《たの》しくて仕方《しかた》ない。ハルナ先生《せんせい》も子供《こども》みたいにはしゃいでいた。

お父《とう》さんはベンチに座《すわ》り、ボール遊《あそ》びに夢中《むちゅう》になるぼくたちをにこにことながめている。

ひろし君《くん》だけはみんなから少《すこ》しはなれた場所《ばしょ》にこしを落《お》ち着《つ》け、熱心《ねっしん》に地面《じめん》をほり返《かえ》していた。またなにかめずらしい虫《むし》でも見《み》つけたにちがいない。

たけし君《くん》の投《な》げたボールがお父《とう》さんのほうへと転《ころ》がっていく。ぼくはそれを追《お》いかけた。

勢《いきお》いよくボールに飛《と》びついたが、大《おお》きすぎてぼくにはつかまえることができない。ぼくは一回《いっかい》転《てん》して地面《じめん》にあお向《む》けになった。

青《あお》い空《そら》が目《め》の前《まえ》に広《ひろ》がる。

気持《きも》ちいい。

自然《しぜん》としっぽが動《うご》き、周囲《しゅうい》の雑草《ざっそう》がわさわさと音《おと》を立《た》ててゆれた。

「おい、大丈夫《だいじょうぶ》か？」

あお向《む》けに寝転《ねころ》がったまま、いつまでも起《お》き上《あ》がらないぼくが心配《しんぱい》になったのか、お父《とう》さんが上《うえ》からのぞきこんでくる。

平気《へいき》、平気《へいき》。空《そら》をながめてただけだよ。

そういって、ぼくははね起《お》きた。

ボール遊《あそ》び、楽《たの》しいよ。お父《とう》さんもいっしょにやらない？

そう提案《ていあん》したが、ぼくの言葉《ことば》が通《つう》じたのかどうか、お父《とう》さんは首《くび》をすくめただけだった。

……おや？

そのときになって初《はじ》めて、ぼくはお父《とう》さんの様子《ようす》がおかしいことに気《き》がついた。

顔色《かおいろ》があまりよくない。額《ひたい》にあぶら汗《あせ》をかいているのもわかった。苦《くる》しそうに肩《かた》で呼吸《こきゅう》を続《つづ》けている。

どうしたの？

ぼくはお父《とう》さんのあしに、からだをすり寄《よ》せた。

「ああ……僕《ぼく》なら大丈夫《だいじょうぶ》だ」
ぼくが心配《しんぱい》しているのがわかったのだろう。ぼくを抱《だ》きかかえると、お父《とう》さんは無理《むり》やりに笑《え》顔《がお》を作《つく》って答《こた》えた。

お父《とう》さんの顔《かお》をペロリとなめる。いつもよりしょっぱく、少《すこ》しだけ苦《にが》みも混《ま》ざっていた。昔《むかし》、病気《びょうき》で苦《くる》しそうにしていたお母《かあ》さんの顔《かお》をなめたときも、これと同《おな》じ味《あじ》だったことを思《おも》い出《だ》す。胸《むね》のあたりに小《ちい》さな虫《むし》がはいずっているような――気味《きみ》の悪《わる》いざわつきを感《かん》じた。

「少《すこ》しお腹《なか》が痛《いた》くてね……ハルナ先生《せんせい》の用意《ようい》してくれたお肉《にく》があまりにもおいしかったから、つい調子《ちょうし》にのって食《た》べすぎて――」

お父《とう》さんはとちゅうでしゃべるのをやめ、口《くち》をおさえた。一気《いっき》に顔《かお》から血《ち》の気《け》が引《ひ》いていくのがわかった。

「ちょっと……トイレに行《い》ってくる。タケルはここで待《ま》ってなさい」

お父《とう》さんはそういうと、口《くち》もとをおさえたまま、力《ちから》なく立《た》ち上《あ》がり、左右《さゆう》によろめきながらバーベキュー広場《ひろば》の奥《おく》にある建物内《たてものない》へと入《はい》っていった。

こんなにも苦《くる》しそうなお父《とう》さんを見《み》るのは初《はじ》めてだ。ぼくもあとをついていきたかったが、ここで待《ま》っていろといわれたら従《したが》うしかない。

ぼくはベンチの前《まえ》に座《すわ》り、お父《とう》さんがもどってくるのを待《ま》った。

ちょっと待《ま》てば、お父《とう》さんはすっかり元気《げんき》になってもどってくるだろう。

ぼくも一度《いちど》、道《みち》ばたに落《お》ちていたものを食《た》べて、お腹《なか》が痛《いた》くなったことがあったけど、食《た》べたものをはいたらうそみたいに治《なお》ってしまった。だから、お父《とう》さんだって大丈夫《だいじょうぶ》だ。

…………。

だけど、三十分《さんじっぷん》経《た》っても一時間《いちじかん》経《た》っても、お父《とう》さんは帰《かえ》ってこなかった。

やがて、ボール遊《あそ》びにつかれたみんながぼくの周《まわ》りに集《あつ》まってきた。

「あれ？　おじさんは？」

「タケル。お父《とう》さんはどこへ行《い》ったの？」

トイレだと答《こた》えても、ぼくの言葉《ことば》は通《つう》じない。みんなを連《つ》れてトイレに向《む》かおうかとも考《かんが》えたが、それでは「ここで待《ま》っていろ」といったお父《とう》さんの指示《しじ》を無視《むし》することになってしまう。

どうしようかと迷《まよ》っていると、建物《たてもの》のほうから男《おとこ》の人《ひと》のあわてふためく声《こえ》が聞《き》こえた。

「大変《たいへん》だ！　トイレで人《ひと》がたおれてる！」

心臓《しんぞう》がドクン、と大《おお》きな音《おと》を立《た》ててはね上《あ》がる。

動揺《どうよう》するぼくの横《よこ》をすり抜《ぬ》け、まっすぐ建物《たてもの》に向《む》かったのはクロさんだった。そのあとをひろし君《くん》たちが追《お》いかけていく。

まさか……お父《とう》さん？

「そんなにふるえなくても大丈夫《だいじょうぶ》」

その場《ば》にひとり残《のこ》されたぼくを抱《かか》え上《あ》げてくれたのはハルナ先生《せんせい》だった。

「ほら、しっかりして」

そういってぼくの頭《あたま》をなでる。先生《せんせい》のやわらかな指先《ゆびさき》は、パニック寸前《すんぜん》だったぼくを瞬時《しゅんじ》に落《お》ち着《つ》かせる不思議《ふしぎ》な力《ちから》を持《も》っていた。

しばらくすると、建物《たてもの》の中《なか》からクロさんが出《で》てきた。お父《とう》さんを背負《せお》っている。ぼくはハルナ先生《せんせい》のうでから飛《と》び降《お》り、お父《とう》さんのもとへ走《はし》った。

「どうされたんですか？」

ハルナ先生《せんせい》の声《こえ》が後《うし》ろから聞《き》こえてくる。

「くわしいことはわからないけど、症状《しょうじょう》から考《かんが》えておそらく食中毒《しょくちゅうどく》だ。申《もう》し訳《わけ》ない。もしかしたら、僕《ぼく》の採取《さいしゅ》したキノコの中《なか》に毒《どく》を持《も》つものが混《ま》ざっていたのかもしれない」

「だけど、私《わたし》はなんともないですし、見《み》たところ、子供《こども》たちも元気《げんき》そうですけど……」

「体質《たいしつ》や食《た》べた量《りょう》が関係《かんけい》しているのかもしれない。でも念《ねん》のため、僕《ぼく》たちも病院《びょういん》で検査《けんさ》を受《う》けたほうがいいだろう。救急車《きゅうきゅうしゃ》は呼《よ》んだ。登山道《とざんどう》の入口《いりぐち》まで来《き》てくれるそうだ。すぐに向《む》かおう」

お父《とう》さん！

クロさんの背中《せなか》に向《む》かって、ぼくは大声《おおごえ》でさけんだ。

「ああ……タケル……」

お父《とう》さんはうっすらまぶたを開《ひら》き、こちらを向《む》いてかすれた声《こえ》を出《だ》した。

「すまないな……心配《しんぱい》かけて……」

大丈夫《だいじょうぶ》なの、お父《とう》さん？

「ああ……ちょっと気持《きも》ち悪《わる》くなっただけだから……」

お父《とう》さんはそう答《こた》えると、クロさんのほうに顔《かお》の向《む》きを変《か》え、

「もう大丈夫《だいじょうぶ》です。ひとりでも歩《ある》けますから、下《お》ろしてもらえますか？」

と今《いま》にも消《き》え入《い》りそうな声《こえ》でいった。

「いえ、それはできません。このまま山《やま》を下《お》りることにします」

即座《そくざ》にクロさんが答《こた》える。

「大人《おとな》ひとりを抱《かか》えて山《やま》を下《お》りるなんて……そんなことをしたら、あなたもたおれてしまうかも……」

「僕《ぼく》のことをみくびってもらっちゃ困《こま》ります。これくらいなんてことありませんよ」

クロさんの言葉《ことば》は力強《ちからづよ》くてたのもしかった。

「さあ、みんな。すぐに山《やま》を下《お》りるぞ。ハルナ先生《せんせい》。申《もう》し訳《わけ》ありませんが、ベンチの横《よこ》に置《お》いて

ある僕《ぼく》のザックを取《と》っていただけますか？」

「あ……はい」

ハルナ先生《せんせい》はいわれたとおり、クロさんの大《おお》きな登山《とざん》バッグ――ザックを手《て》に取《と》った。非常時《ひじょうじ》の食事《しょくじ》や救急道具《きゅうきゅうどうぐ》が入《はい》っているのだろう。かなり重《おも》そうだ。

「……これは私《わたし》が持《も》っていきます」

自分《じぶん》のザックを背中《せなか》に、クロさんのザックを前《まえ》で持《も》ちながら、ハルナ先生《せんせい》はいった。

「無理《むり》ですって。こちらにください」

「クロさん。私《わたし》のことだってみくびってもらっちゃ困《こま》ります。これくらいなんてことありませんから」

「そうですか。それならお言葉《ことば》にあまえて、お願《ねが》いしちゃいます」

クロさんは鼻《はな》の下《した》をこすって、照《て》れくさそうに頭《あたま》を下《さ》げた。

「じゃあ、おじさんの荷物《にもつ》は手分《てわ》けして俺《おれ》らが持《も》っていくよ」

卓郎君《たくろうくん》の言葉《ことば》に、先生《せんせい》はうなずいた。

「ありがとう。じゃあ、よろしくたのむわね」

「任《まか》せとけって！」

たけし君《くん》が自分《じぶん》の胸《むね》をドンとたたく。強《つよ》くたたきすぎたのか、三回《さんかい》ほどむせかえった。

「みんな、準備《じゅんび》はできた？　忘《わす》れ物《もの》はない？　さあ、行《い》くわよ」

小学校《しょうがっこう》の先生《せんせい》らしくみんなにてきぱきと指示《しじ》を出《だ》し、ハルナ先生《せんせい》が先頭《せんとう》を歩《ある》き出《だ》す。

ぼくはクロさんの後《うし》ろにぴったりとくっつき、お父《とう》さんの様子《ようす》を見守《みまも》った。

ときどき、苦《くる》しそうにせきこむお父《とう》さんを見《み》るたびに、胸《むね》がきゅっと苦《くる》しくなる。

ぼくは非力《ひりき》だ。

クロさんみたいにお父《とう》さんを背負《せお》うことも、荷物《にもつ》を持《も》ってあげることさえできない。

お父《とう》さん、がんばって！

ぼくはただひたすら、お父《とう》さんの無事《ぶじ》を神様《かみさま》にいのり続《つづ》けるしかなかった。

4 ひとりぼっち

ハイキングから三日《みっか》が過《す》ぎた。

まだお父《とう》さんは病院《びょういん》からもどってこない。

診断《しんだん》の結果《けっか》、お父《とう》さんはクサウラベニタケという名前《なまえ》の毒《どく》キノコにあたったことがわかった。

クロさんはキノコのおばけ——アカヤマドリタケ以外《いがい》にも何種類《なんしゅるい》か食《た》べられるキノコを集《あつ》めてきて料理《りょうり》の中《なか》に入《い》れたのだが、どうやらその中《なか》に毒《どく》キノコが混《ま》ざっていたらしい。たまたま、それをお父《とう》さんだけが食《た》べてしまったということなのだろう。

お父《とう》さん以外《いがい》のみんなも念《ねん》のために検査《けんさ》を受《う》けたが、ほかに中毒《ちゅうどく》になった人《ひと》はいなかった。

みんなに平謝《ひらあやま》りするクロさんの姿《すがた》を見《み》て、ぼくはなにもいえなくなってしまった。クロさんのミスが原因《げんいん》ではあるけれど、お父《とう》さんを救《すく》ってくれたのもクロさんだ。

お医者《いしゃ》さんの話《はなし》によると、クロさんが素早《すばや》く適切《てきせつ》な処置《しょち》をとってくれていなかったら、お父《とう》さんはもっと大変《たいへん》な——それこそ、命《いのち》にかかわるようなことになっていたらしい。

ただうろたえるだけでなにもできなかったぼくには、クロさんを責《せ》める資格《しかく》なんてなかった。

お父《とう》さんの体調《たいちょう》は日《ひ》に日《ひ》によくなっているそうだ。でも、退院《たいいん》はもう少《すこ》し先《さき》だという。

お父《とう》さんが入院《にゅういん》している間《あいだ》、ぼくはずっとひとりぼっちだ。

毎日交代《まいにちこうたい》で、ひろし君《くん》たちがぼくの様子《ようす》を見《み》に来《き》てくれるが、夜中《よなか》はひとりきり。いつもお父《とう》さんといっしょにねむっているベッドはあまりにも広《ひろ》すぎて、どうにも落《お》ち着《つ》かなかった。

顔《かお》を上《あ》げ、ぼんやりと宙《ちゅう》を見《み》る。天井《てんじょう》の染《し》みがだんだんお父《とう》さんの顔《かお》に見《み》えてきて、自然《しぜん》となみだがこぼれた。

玄関《げんかん》のドアの開《ひら》く音《おと》が耳《みみ》に届《とど》く。足音《あしおと》で誰《だれ》が来《き》たのかはすぐにわかった。ひろし君《くん》だ。

ぼくは立《た》ち上《あ》がる気力《きりょく》もなく、そのまま台所《だいどころ》のすみで、床《ゆか》にぺたりとお腹《なか》をくっつけて寝《ね》そべり続《つづ》けた。

「タケル君《くん》。昨日《きのう》の夜《よる》のご飯《はん》に全然《ぜんぜん》、手《て》をつけていませんね」

ぼくの食器《しょっき》をのぞきこみ、ひろし君《くん》がいう。申《もう》し訳《わけ》ないとは思《おも》ったが、食《た》べたくないのだから仕方《しかた》がない。

「では、散歩《さんぽ》に行《い》ってお腹《なか》を減《へ》らしますか？」

散歩《さんぽ》なんて行《い》きたくない。

ぼくは冷蔵庫《れいぞうこ》と壁《かべ》の間《あいだ》のわずかなすきまに顔《かお》をうずめ、ひろし君《くん》の声《こえ》が聞《き》こえなかったふりをした。

「……困《こま》りましたね」

ひろし君《くん》のため息《いき》が耳《みみ》に届《とど》く。

「では、お父《とう》さんに会《あ》いに行《い》きますか？」

え？

ひろし君《くん》の言葉《ことば》にぼくの耳《みみ》は勝手《かって》に反応《はんのう》して、ぴくりと動《うご》いた。立《た》ち上《あ》がり、ひろし君《くん》のほうを見《み》る。

会《あ》いに行《い》っていいの？

お父《とう》さんが入院《にゅういん》した日《ひ》、ぼくは救急車《きゅうきゅうしゃ》にも乗《の》せてもらえなかったし、病院《びょういん》へ入《はい》ることさえこばまれてしまった。エイセイ上《じょう》の理由《りゆう》だ、と看護師《かんごし》のお姉《ねえ》さんは難《むずか》しい言葉《ことば》を使《つか》って説明《せつめい》していたけれど、要《よう》するにぼくが犬《いぬ》だからダメだったのだろう。

ひろし君《くん》たちは毎日《まいにち》のようにお父《とう》さんのお見舞《みま》いに出《で》かけているのに、ぼくだけはお父《とう》さんに会《あ》うことができない。

どうしてぼくは犬《いぬ》なんだろう？

どうしてぼくだけ人間《にんげん》じゃないんだろう？

自分《じぶん》の境遇《きょうぐう》をうらまずにはいられなかった。

「やはり、僕《ぼく》の言葉《ことば》がわかるみたいですね」

今《いま》にもちぎれそうな勢《いきお》いでしっぽをふるぼくを見《み》て、ひろし君《くん》はわずかに口《くち》のはしを曲《ま》げた。

ぼくの秘密《ひみつ》は誰《だれ》にも知《し》られたくないので、ふだんは話《はな》しかけられても無視《むし》することが多《おお》いのだけれど、今《いま》はそんなことを気《き》にするよゆうもない。

早《はや》くお父《とう》さんに会《あ》わせてよ！

ぼくは前《まえ》あしを動《うご》かして、ひろし君《くん》にうったえた。

「ちょっと待《ま》ってください。そうと決《き》まったら、失敗《しっぱい》しないようにきちんと準備《じゅんび》をしなくてはいけません。まずは、君《きみ》をかくすことのできる大《おお》きめのカバンを探《さが》さないと……」

ぼくをかくすことのできるカバン……ちょうどいいものがある！　ぼくは寝室《しんしつ》へ移動《いどう》すると、クローゼットのとびらをひっかいた。

「ここになにかあるのですか？」

後《うし》ろをついてきたひろし君《くん》が首《くび》をひねりながらたずねる。

早《はや》く開《あ》けて！

すぐにでもお父《とう》さんに会《あ》いたい。一分一秒《いっぷんいちびょう》を無駄《むだ》にしたくなくて、ぼくはひろし君《くん》を急《せ》かした。

ひろし君《くん》がクローゼットのとびらを開《あ》けると同時《どうじ》に中《なか》へ飛《と》びこみ、一番奥《いちばんおく》にしまってあった黒《くろ》いスーツケースを鼻先《はなさき》でおす。お父《とう》さんがとまりがけで出張《しゅっちょう》へ出《で》かけるときにいつも持《も》っていくものだった。とても大《おお》きくて、ぼくくらいなら楽々《らくらく》かくれることができるだろう。

「なるほど。これはいいですね」

スーツケースを引《ひ》っ張《ぱ》り出《だ》しながら、ひろし君《くん》はいった。

「試《ため》しに、中《なか》に入《はい》ってみてもらえますか」

スーツケースを開《ひら》くと、少々《しょうしょう》かびくさいにおいがした。ひろし君《くん》にうながされるまま、スーツケースの中央《ちゅうおう》に寝《ね》そべる。

「いいですか？　閉《し》めますよ？」

ひろし君《くん》がスーツケースを閉《と》じると、とたんに視界《しかい》が真《ま》っ暗《くら》になった。かびくさいにおいがさらに強《つよ》くなる。想像《そうぞう》していたよりも中《なか》はせまくて息苦《いきぐる》しいが、お父《とう》さんに会《あ》えるなら、これくらいがまんできる。

ゆっくりと体《からだ》の向《む》きが変《か》わった。ひろし君《くん》がスーツケースを立《た》てたらしい。続《つづ》いて、ぼくの足《あし》もとからキャスターの回《まわ》る音《おと》がした。スーツケースを引《ひ》いて廊下《ろうか》を移動《いどう》しているのだろう。かなりゆれたが、たえられないほどではない。これならうまくいきそうだ。

お父《とう》さん、待《ま》っててね。

あまりにもうれしくて、しっぽがスーツケースの内側《うちがわ》をぴたん、ぴたんとたたく。

玄関《げんかん》のインターホンが鳴《な》った。

「タケル。元気《げんき》か？　ヒマだから遊《あそ》びに来《き》てやったぞー」

たけし君《くん》の声《こえ》が聞《き》こえてくる。同時《どうじ》に、おいしそうなにおいがスーツケースのわずかなすきまから入《はい》りこんできた。

「ハンバーガーを買《か》ってきたけど食《た》べるか？」

ハンバーガー！

我《われ》ながら単純《たんじゅん》だと思《おも》うが、お父《とう》さんに会《あ》えるとわかったら、とたんにお腹《なか》が減《へ》ってきた。味気《あじけ》ないドッグフードではいまいち食欲《しょくよく》もわかないけれど、ハンバーガーなら話《はなし》は別《べつ》だ。

開《あ》けて！　早《はや》くここから出《だ》して！

前《まえ》あしをじたばたと動《うご》かす。

ぼくが体重《たいじゅう》をかけた方向《ほうこう》に、スーツケースはゆっくりと動《うご》き始《はじ》めた。

「う、うわっ。ひろし、なんだよ、そのカバン？　か、か、勝手《かって》に動《うご》いてるぞ。おばけか？　おばけなのか？」

たけし君《くん》のあわてふためく声《こえ》が聞《き》こえた。

ぼくにもハンバーガーをちょうだい！

「うわあ、こっちに来《く》るなあっ！」

長《なが》い間《あいだ》、使《つか》っていなかったスーツケースだ。どうやら、相当《そうとう》ガタがきていたらしい。ぼくが内《うち》側《がわ》であばれたことで、留《と》め金《がね》がこわれてしまったのだろう。

たけし君《くん》の目《め》の前《まえ》でスーツケースはまっぷたつに割《わ》れ、ぼくはようやく外《そと》に出《で》ることができた。そのまま、たけし君《くん》が右手《みぎて》に持《も》っていたハンバーガーに飛《と》びつく。

「うぎゃあああああっ！」

この世《よ》のものとは思《おも》えない悲鳴《ひめい》があたりにひびきわたった。

尻《しり》もちをついたたけし君《くん》が、スマートフォンのバイブレーション機能《きのう》みたいに全身《ぜんしん》をガタガ

タとふるわせながら、目《め》を白黒《しろくろ》させている。

ひとりでに動《うご》き出《だ》したスーツケースから、いきなり毛《け》むくじゃらの白《しろ》い物体《ぶったい》が飛《と》び出《だ》してきてハンバーガーをうばっていったのだから、おどろくのも仕方《しかた》がないかもしれない。

「あーあ……」

こわれたスーツケースをながめながら、ひろし君《くん》がため息《いき》をついた。

「べつの方法《ほうほう》を考《かんが》えなくてはいけませんね」

……あ。

ハンバーガーにかぶりついたところで、ぼくは動《うご》きを止《と》めた。

お父《とう》さんとの再会《さいかい》は、もうちょっと先《さき》になりそうだ。

5 作戦会議《さくせんかいぎ》

家《いえ》の中《なか》をあちこち見《み》て回《まわ》ったが、ほかにぼくの入《はい》れそうなカバンはなかった。

このままだと、今日《きょう》もお父《とう》さんに会《あ》うことができない。

そう思《おも》うと、また悲《かな》しくなってきた。

ぼくが落《お》ちこんでいることに気《き》づいたのだろう。

「心配《しんぱい》するな。おじさんに会《あ》う方法《ほうほう》はいくらでもあるさ」

たけし君《くん》がぼくの背中《せなか》をたたいた。

「ハルナ先生《せんせい》にお願《ねが》いしてみよう。先生《せんせい》もタケルのことを心配《しんぱい》していたし、きっと協力《きょうりょく》してくれると思《おも》うんだ。大人《おとな》ならタケルが入《はい》れるくらい大《おお》きなカバンも持《も》っているだろうし」

なるほど。たけし君《くん》もたまにはいいことをいう。

「そうですね。この時間《じかん》ならまだ学校《がっこう》にいるはずですし、お願《ねが》いしに行《い》ってみましょうか」

こわれたスーツケースをクローゼットにおしこみながら、ひろし君《くん》も同意《どうい》した。

そのあとのふたりの行動《こうどう》は早《はや》かった。

ぼくを自転車《じてんしゃ》のカゴに乗《の》せると、ひろし君《くん》の通《かよ》う北部小学校《ほくぶしょうがっこう》に向《む》かってペダルをこぐ。

つい一週間《いっしゅうかん》ほど前《まえ》にも、こうやってふたりと一匹《いっぴき》で小学校《しょうがっこう》に向《む》かったことを思《おも》い出《だ》した。

あのときは、まさか再《ふたた》び青《あお》い怪物《かいぶつ》と遭遇《そうぐう》することになるなんて思《おも》ってもいなかった。もう、あんな恐怖《きょうふ》を二度《にど》と味《あじ》わいたくはない。

校庭《こうてい》のすみに自転車《じてんしゃ》を停《と》め、クーラーの効《き》いていない蒸《む》し風呂《ぶろ》状態《じょうたい》の図書室《としょしつ》へと走《はし》る。

図書室《としょしつ》に子供《こども》の姿《すがた》はなかった。ハルナ先生《せんせい》だけが汗《あせ》を流《なが》しながら、黙々《もくもく》と本《ほん》の整理《せいり》をしている。

「あら、ふたりそろってどうしたの？」

ぼくたちのほうに顔《かお》だけを向《む》けて先生《せんせい》はいった。

「まさか、またよからぬことでもたくらんでいるんじゃないでしょうね？」

「なんだよ？　よからぬことって。オレたち、いつだってめちゃくちゃよいこじゃん」

たけし君《くん》は胸《むね》に抱《だ》いたぼくの頭《あたま》をなでながら、不満《ふまん》げに口《くち》をとがらせた。

「タケルちゃん、こんにちは。元気《げんき》？」

ハルナ先生《せんせい》がぼくに顔《かお》を近《ちか》づけてくる。先生《せんせい》からただようあまいバラの花《はな》に似《に》た香《かお》りは大好《だいす》きだ。でも、いつもみたいに愛想《あいそ》をふりまく気分《きぶん》にはなれない。

「……どうやら元気《げんき》じゃないみたいね」

ぼくの頭《あたま》をなでながら、先生《せんせい》はさみしそうな顔《かお》をした。

「そうなんだ。こいつ、おじさんが入院《にゅういん》してからずっと元気《げんき》がなくて。ご飯《はん》もほとんど食《た》べてないみたいだしさ。あ、さっきオレのハンバーガーを全部《ぜんぶ》食《た》べちゃったけど」

そんな報告《ほうこく》はしなくてもいいのに。もしお父《とう》さんにばれたら、きっと怒《おこ》られてしまう。

……早《はや》くお父《とう》さんに怒《おこ》られたい。

心《こころ》の底《そこ》からそう思《おも》った。

散歩《さんぽ》で出会《であ》う生意気《なまいき》なチワワにほえたり、道《みち》ばたに落《お》ちていたフライドチキンを食《た》べたりすると、お父《とう》さんはいつだってぼくをきびしくしかる。うっとうしいと感《かん》じることも多《おお》かったが、今《いま》はあの怒鳴《どな》り声《ごえ》がなつかしかった。

「先生《せんせい》、タケルがすっぽり入《はい》っちゃうくらいの大《おお》きなカバンを持《も》ってないかな？」

いきなり、たけし君《くん》は本題《ほんだい》に入《はい》った。

「え？　なに？　どういうこと？」

ハルナ先生《せんせい》が目《め》を丸《まる》くする。

「やっぱり……なにかよからぬことをたくらんでるの？」

「ちがうってば。おい、ひろし。説明《せつめい》してくれよ」

先生《せんせい》ににらまれたたけし君《くん》は、ひろし君《くん》に助《たす》けを求《もと》めた。

「オジサンの退院《たいいん》までは、まだもう少《すこ》し時間《じかん》がかかります。僕《ぼく》たちはいつでもお見舞《みま》いに行《い》けますが、タケル君《くん》は病院《びょういん》に入《はい》れないので、オジサンと顔《かお》を合《あ》わせることができません。なんとかしてやりたいと思《おも》っているのですが……」

ひろし君《くん》が説明《せつめい》する。

「ああ、そういうこと。だからカバンにタケルちゃんをおしこんで、こっそり病室《びょうしつ》へ行《い》こうと考《かんが》えたわけね」

「さすが先生《せんせい》！」

たけし君《くん》が声《こえ》をはずませた。

「だから、カバンを貸《か》してもらえないかな？」

「ダメ」

「……へ？」

先生《せんせい》の予想外《よそうがい》の返答《へんとう》に、たけし君《くん》はぽかんと大口《おおぐち》を開《あ》けた。

「結局《けっきょく》、『よからぬこと』じゃないの」

「いや、これは人助《ひとだす》け……じゃなくて犬助《いぬだす》けであって……。オジサンはタケルのお父《とう》さんみたいなものなんだよ。ずっと会《あ》えないなんてかわいそうじゃん」

「同情《どうじょう》はするわよ。でも、ダメ」

「どうして？」

「そういうルールだから」

「なんだよ、ルールって。そんなルール、破《やぶ》ったって誰《だれ》も困《こま》らないじゃん」

「病院《びょういん》には、いろいろな病気《びょうき》を治療《ちりょう》するために、大勢《おおぜい》の患者《かんじゃ》さんが集《あつ》まっているのよ。その中《なか》には、ウイルスに対《たい》する抵抗力《ていこうりょく》が弱《よわ》まっている人《ひと》だっている。私《わたし》たちは平気《へいき》でも、犬《いぬ》アレルギーの人《ひと》や、タケルちゃんにくっついた目《め》に見《み》えない菌《きん》やウイルスが原因《げんいん》で体調《たいちょう》が悪《わる》くなる人《ひと》がいたら、どうするの？」

「それは……」

「ルールっていうのはね、えらい人《ひと》がただなんとなく気《き》まぐれで決《き》めたものじゃないの。それを守《まも》らないと迷惑《めいわく》をこうむる人《ひと》がいるから存在《そんざい》するのよ。どうしてもやりたいことがあるから、ちょっとだけルールを破《やぶ》ってもいいかな――そんなふうに考《かんが》えるのは自分勝手《じぶんかって》すぎると思《おも》わない？」

「…………」

ハルナ先生《せんせい》にやりこめられ、たけし君《くん》はしゅんとしてしまった。ボクのことを思《おも》っていろいろ考《かん》えてくれたのに、結果的《けっかてき》に先生《せんせい》に怒《おこ》られることになってホント、ゴメンなさい。

「誰《だれ》かに迷惑《めいわく》がかかるからルールを破《やぶ》ってはいけない、というのであれば、誰《だれ》にも迷惑《めいわく》をかけないとわかったなら、ルールを破《やぶ》ったことにはならないのですよね？」

ハルナ先生《せんせい》を真正面《ましょうめん》から見《み》すえると、ひろし君《くん》は早口《はやくち》でしゃべり始《はじ》めた。

「タケル君《くん》をきれいに洗《あら》って、雑菌《ざっきん》をすべて落《お》としてしまえば問題《もんだい》ないのではありませんか？　カバンに入《い》れて運《はこ》ぶわけですから、タケル君《くん》の毛《け》が病院内《びょういんない》に散《ち》らばることもないでしょうし。タケル君《くん》にべたべたとさわったあとに病院《びょういん》へお見舞《みま》いに行《い》く僕《ぼく》たちのほうが、よっぽど犬《いぬ》の毛《け》をあたりにばらまいていると思《おも》いますけど。犬《いぬ》と同《おな》じ空間《くうかん》にいただけで気分《きぶん》が悪《わる》くなってしまうという重度《じゅうど》のアレルギーを持《も》つ患者《かんじゃ》さんでもいない限《かぎ》り、とくに問題《もんだい》はないと思《おも》います。万《まん》が一《いち》、そういう患者《かんじゃ》さんがいるのなら、その人《ひと》のスケジュールを把握《はあく》して、顔《かお》を合《あ》わせないように病院《びょういん》へ出向《でむ》けばよいわけで――」

「わかった、わかったわ、ひろし君《くん》。ひとまず落《お》ち着《つ》いてくれる？」

ひろし君《くん》の言葉《ことば》をさえぎり、ハルナ先生《せんせい》はため息《いき》に似《に》た呼吸《こきゅう》をくり返《かえ》した。

「僕《ぼく》はべつにあわてたりしていませんが。むしろ、先生《せんせい》のほうが動揺《どうよう》しているのでは？」

「……あなたって本当《ほんとう》ににくらしいわね」

「ありがとうございます」

「ほめてないわよ」

先生《せんせい》は口《くち》をへの字《じ》にして、ひろし君《くん》に顔《かお》を近《ちか》づけた。

「ひろし君《くん》。誰《だれ》にも迷惑《めいわく》がかからなければ、ルールを破《やぶ》ったことにはならないというあなたの考《かん》え方《かた》には同意《どうい》できないわね。それだと、車《くるま》が来《こ》なければ赤信号《あかしんごう》を無視《むし》して横断歩道《おうだんほどう》を渡《わた》ってもよいってことにならない？」

「そうですね。そのほうが効率的《こうりつてき》だと思《おも》います」

「もし、横断歩道《おうだんほどう》を渡《わた》っているとちゅうで転《ころ》んだらどうする？　そこに猛《もう》スピードで車《くるま》が突《つ》っこんできたら？」

「そのようなことが起《お》こる確率《かくりつ》は極《きわ》めて低《ひく》いのでは？」

「ひろし君《くん》のいうとおりね。そんな事故《じこ》は滅多《めった》に起《お》こらない。だけどゼロじゃないわよ。あなたと同《おな》じように考《かんが》える人《ひと》が増《ふ》えれば増《ふ》えるほど、事故《じこ》の起《お》こる確率《かくりつ》も大《おお》きくなっていくんじゃないの？」

「…………」

先生《せんせい》の勢《いきお》いに圧倒《あっとう》されたのか、めずらしくひろし君《くん》はだまりこんでしまった。

ハルナ先生《せんせい》はいつものほほんとしていて、ひろし君《くん》としゃべっているとどちらが大人《おとな》なのかわからなくなることも多《おお》いけど、たまに先生《せんせい》らしい一面《いちめん》を見《み》せることもある。

「ルールを守《まも》らなくちゃいけないってことはわかった。だけどさ、先生《せんせい》。このままだとこいつ、どんどん元気《げんき》がなくなっていっちゃうよ」

たけし君《くん》が不安《ふあん》そうにいった。今《いま》にも泣《な》き出《だ》しそうな表情《ひょうじょう》だ。

ぼくは深《ふか》く反省《はんせい》した。

元気《げんき》でいなくちゃとは思《おも》うのだけど、お父《とう》さんのことを考《かんが》えるとやっぱりさみしくなって、しっぽが垂《た》れてしまう。

「だったら、お父《とう》さんに会《あ》わせてあげましょうよ」

ハルナ先生《せんせい》は両手《りょうて》を合《あ》わせた。

「ええ!?　でも、ルールは守《まも》らなくちゃダメだっていわなかった？」

「もちろん、ルールは守《まも》るわよ。タケルちゃんを病院《びょういん》の中《なか》に入《い》れたりはしない。だけど、お父《とう》さんには会《あ》わせてあげる」

「どうやって？」

「それは今《いま》からじっくり考《かんが》えましょう。卓郎君《たくろうくん》と美香《みか》ちゃんにも声《こえ》をかけて、みんなで知恵《ちえ》を出《だ》し合《あ》ったらどうかしら？」

ハルナ先生《せんせい》はそういってにっこりと笑《わら》った。

6 TOA作戦《さくせん》

その日《ひ》の夜七時半《よるしちじはん》。

ぼくたちはハルナ先生《せんせい》の車《くるま》に乗《の》って、お父《とう》さんの入院《にゅういん》する碧奥医院《へきおいいん》へとやって来《き》た。

作戦会議《さくせんかいぎ》のときにみんなから聞《き》いた話《はなし》を総合《そうごう》すると、ここはぼくのお父《とう》さんのお兄《にい》さんが経営《けいえい》する総合病院《そうごうびょういん》らしい。そういう事情《じじょう》があって、お父《とう》さんはこの病院《びょういん》に入院《にゅういん》したのだという。

お父《とう》さんのお兄《にい》さんが医者《いしゃ》だなんて初耳《はつみみ》だった。

そういえば、ホームセンター〈スマイル〉を営《いとな》む卓郎君《たくろうくん》の父親《ちちおや》も、お父《とう》さんのお兄《にい》さんじゃなかったっけ？　つまり、碧奥医院《へきおいいん》の院長先生《いんちょうせんせい》は卓郎君《たくろうくん》の親戚《しんせき》でもあるわけで……なんだかちょっとややこしい。

「みんな、くれぐれも勝手《かって》な行動《こうどう》はとらないようにね」

ハルナ先生《せんせい》が心配《しんぱい》そうに、その場《ば》にいる全員《ぜんいん》の顔《かお》を見回《みまわ》す。

「そのセリフ、いったい何度目《なんどめ》？　先生《せんせい》、心配《しんぱい》しすぎだってば」

美香《みか》ちゃんが笑《わら》った。

「さっき、あなたたちのご両親《りょうしん》に、少《すこ》し帰《かえ》りがおそくなりますと連絡《れんらく》を入《い》れておいたけど、この前《まえ》のこともあって、みなさん、とても心配《しんぱい》しておられたわ。全員《ぜんいん》、九時《くじ》まではおうちに送《おく》り届《とど》けるからね。だから、てきぱき行動《こうどう》しま――」

「ぶひゃあっ！」

目《め》の前《まえ》を横切《よこぎ》ったカラスにおどろいて、たけし君《くん》が飛《と》び上《あ》がる。

「こら、たけし。静《しず》かにしろ」

卓郎君《たくろうくん》がそちらをにらみつけた。

「だ、だって、この病院《びょういん》、夜《よる》に来《く》ると不気味《ぶきみ》すぎて……」

たけし君《くん》がこわがるのも無理《むり》はない。

病院《びょういん》の駐車場《ちゅうしゃじょう》は背《せ》の高《たか》い草《くさ》が生《は》え、今《いま》にもそこからなにか飛《と》び出《だ》してきそうだ。どことなくジェイルハウスのあれ果《は》てた庭《にわ》に似《に》ている。

建物《たてもの》の外壁《がいへき》にはところどころヒビが入《はい》ってい

た。こちらは六日前《むいかまえ》にぼくたちが迷《まよ》いこんだ廃校《はいこう》にそっくりである。

「大体《だいたい》、なんでこんなに真《ま》っ暗《くら》なんだよ」

今《いま》にも泣《な》きそうな顔《かお》でたけし君《くん》がいう。

まだ七時半《しちじはん》だというのに、明《あ》かりが灯《とも》っている窓《まど》は一部《いちぶ》だけ。ほとんどは暗《くら》かった。よく見《み》ると、割《わ》れたまま放置《ほうち》された窓《まど》もある。

「仕方《しかた》ねえだろ。この病院《びょういん》、つぶれかけなんだからさ」

卓郎君《たくろうくん》ははき捨《す》てるように答《こた》えた。

碧奥医院《へきおういいん》はかつてこのあたりで一番大《いちばんおお》きな病院《びょういん》だったらしいのだが、近《ちか》くに大学病院《だいがくびょういん》が移転《いてん》してきてからは、そちらに患者《かんじゃ》が流《なが》れてしまい、今《いま》では廃業寸前《はいぎょうすんぜん》の状態《じょうたい》なのだとか。

「ここを経営《けいえい》している卓郎君《たくろうくん》のオジサンには申《もう》し訳《わけ》ありませんが、TOA作戦《さくせん》には最適《さいてき》で助《たす》かりますね」

ひろし君《くん》がいった。

TOA作戦《さくせん》とは、これから実行《じっこう》される作戦《さくせん》にハルナ先生《せんせい》がつけた名前《なまえ》だ。〈タケルをお父《とう》さんに会《あ》わせる作戦《さくせん》〉――略《りゃく》してTOA作戦《さくせん》ということらしい。

「今《いま》、病院内《びょういんない》にいるのは、院長《いんちょう》のオジサンとふたりの看護師《かんごし》さんだけ。入院患者《にゅういんかんじゃ》はオジサンひとり。さっき、オジサンに電話《でんわ》して確認《かくにん》したからまちがいねえ」

そう口《くち》にしながら、卓郎君《たくろうくん》は頭《あたま》をかきむしった。

「ああ、もう！　オジサン、オジサンってややこしいな」

「タケルのところのオジサンはタケルパパって呼《よ》べばいいんじゃない？」

美香《みか》ちゃんが提案《ていあん》する。

「卓郎《たくろう》のお父《とう》さんとタケルパパとこの病院《びょういん》の院長先生《いんちょうせんせい》の三人《さんにん》は兄弟《きょうだい》なんだよね？　誰《だれ》が一番年上《いちばんとしうえ》なの？」

ハルナ先生《せんせい》のうでにしがみつきながらたけし君《くん》がたずねた。美香《みか》ちゃんのアイデアを早速《さっそく》、採用《さいよう》したようだ。

「知《し》らねえよ、そんなこと」

卓郎君《たくろうくん》はぶっきらぼうに答《こた》えた。

「髪《かみ》のうすさからいえば、院長《いんちょう》、うちの親父《おやじ》、タケルパパの順番《じゅんばん》だろうけどな」

パパ、と口《くち》にしたときの卓郎君《たくろうくん》は少《すこ》し恥《は》ずかしそうだった。

お父《とう》さんのふさふさな髪《かみ》の毛《け》を思《おも》い出《だ》す。クルクルと丸《まる》まったお父《とう》さんの髪《かみ》の毛《け》は鳥《とり》の巣《す》みたいで面白《おもしろ》い。お父《とう》さんの髪《かみ》の毛《け》をまくら代《が》わりにねむることもよくあった。

早《はや》くお父《とう》さんに会《あ》いたい。

その気持《きも》ちがますます強《つよ》くなる。

「TOA作戦《さくせん》ってずいぶんとカッコいい名前《なまえ》がついちゃってるけど、要《よう》するに院長先生《いんちょうせんせい》と看護師《かんごし》さん――三人《さんにん》の目《め》をごまかせばそれでいいんでしょう？　そんなの簡単《かんたん》じゃない」

美香《みか》ちゃんがいう。

「ダメよ、美香《みか》ちゃん。油断《ゆだん》は禁物《きんもつ》。もっと緊張感《きんちょうかん》を持《も》たなくちゃ」

胸《むね》に抱《だ》いたぼくの鼻《はな》をつつきながら、ハルナ先生《せんせい》は注意《ちゅうい》した。

しつこく鼻《はな》をさわられたせいで、ぼくは三回《さんかい》くしゃみをする。そんなぼくを見《み》て先生《せんせい》は、「きゃあ、かわいい！」と子供《こども》みたいにはしゃいだ。この人《ひと》が一番《いちばん》、緊張感《きんちょうかん》がないように見《み》えるんだけど。

「念《ねん》のため、もう一度《いちど》TOA作戦《さくせん》について確認《かくにん》しておきましょうか」

病院《びょういん》の入口《いりぐち》までやって来《き》たところで、ひろし君《くん》はみんなのほうへ向《む》き直《なお》り、低《ひく》くおし殺《ころ》した声《こえ》を出《だ》した。

「タケル君《くん》のオジサンは、まだ自由《じゆう》に動《うご》き回《まわ》ることが禁《きん》じられています。行《い》き来《き》してよいのはトイレだけ。ですから、外《そと》に連《つ》れ出《だ》すことはできません」

「ルールはきちんと守《まも》らなくっちゃね」

ハルナ先生《せんせい》が口《くち》をはさんだ。

「オジサンがいる病室《びょうしつ》の外壁《がいへき》すれすれには、となりの敷地《しきち》と病院《びょういん》の敷地《しきち》をへだてる高《たか》いフェンスがあるため、外《そと》からオジサンの病室《びょうしつ》に近《ちか》づくことは困難《こんなん》です。そこで、先生《せんせい》にはタケル君《くん》をつれて中庭《なかにわ》まで移動《いどう》してもらいます」

碧奥病院《へきおびょういん》は上《うえ》から見《み》るとコの字型《じがた》をしていて、建物《たてもの》に囲《かこ》まれている場所《ばしょ》は庭《にわ》になっているらしい。

なるほど。中庭《なかにわ》へ移動《いどう》すれば、窓《まど》ごしにお父《とう》さんと会話《かいわ》を交《か》わすことができそうだ。

「オジサンの病室《びょうしつ》は一階《いっかい》ですが、先《さき》ほど話《はな》したとおり中庭《なかにわ》とは逆《ぎゃく》の位置《いち》にあるので、オジサンには廊下《ろうか》をはさんだ向《む》かい側《がわ》の部屋《へや》まで移動《いどう》してもらわなければなりません」

「オジサンじゃなくてタケルパパ」

「僕《ぼく》がオジサンを、向《む》かい側《がわ》の部屋《へや》へと案内《あんない》します」

たけし君《くん》の言葉《ことば》を無視《むし》して、ひろし君《くん》は続《つづ》けた。

「ハルナ先生《せんせい》。碧奥病院《へきおびょういん》のホームページをすみからすみまで調《しら》べましたが、〈ほかの病室《びょうしつ》に入《はい》ってはいけない〉というルールはどこにも記載《きさい》されていませんでした。ルール違反《いはん》ではありませんよね？」

「正確《せいかく》にはモラル違反《いはん》だけど……まあ、いいわ。今回《こんかい》だけは見逃《みのが》してあげる」

先生《せんせい》は肩《かた》をすくめながらそう答《こた》えた。

「看護師《かんごし》さんに見《み》つかったら、注意《ちゅうい》されるかもしれません。ですから、卓郎君《たくろうくん》と美香《みか》さんはナースステーションで看護師《かんごし》さんとおしゃべりをして、彼女《かのじょ》たちの気《き》がこちらに向《む》かないようにしてください」

「任《まか》せとけ」

卓郎君《たくろうくん》は自信満々《じしんまんまん》で胸《むね》をたたいた。

卓郎君《たくろうくん》は大人受《おとなう》けがいいし、院長《いんちょう》の甥《おい》だと名乗《なの》れば、警戒《けいかい》されることもないだろう。

「たけし君《くん》は見張《みは》り役《やく》です。突然《とつぜん》、院長《いんちょう》が現《あらわ》れる可能性《かのうせい》もあります。病室前《びょうしつまえ》に待機《たいき》してもらって、予想外《よそうがい》の事態《じたい》が起《お》こったときには口笛《くちぶえ》を吹《ふ》いて、病室内《びょうしつない》の僕《ぼく》に連絡《れんらく》してください」

「らじゃっ！」

敬礼《けいれい》のポーズをとり、たけし君《くん》は意気揚々《いきようよう》と答《こた》えた。

「らじゃっ！」の意味《いみ》はよくわからない。

「大丈夫《だいじょうぶ》か、おまえ？　こわくて逃《に》げ出《だ》したりするなよ」

卓郎君《たくろうくん》がからかう。

「バカにするなよ。タケルパパの病室《びょうしつ》には明《あ》かりがついてるし、病院《びょういん》の中《なか》は明《あか》るいし、なにかあっても大人《おとな》がいるし、全然《ぜんぜん》こわくなんかないってば」

「へえ……じゃあ、この病院《びょういん》の地下《ちか》になにがあるか知《し》っても大丈夫《だいじょうぶ》だな？」

「……え？　なにがあるのさ？」

「特別病棟《とくべつびょうとう》」

「……なにそれ？」

「見境《みさかい》なく暴《あば》れ回《まわ》って手《て》のつけられない患者《かんじゃ》が一人《ひとり》、地下《ちか》の特別室《とくべつしつ》に閉《と》じこめられているんだって。もし、そいつがドアをぶち破《やぶ》って出《で》てきたら……」

「ちょ……マジで？」

とたんにたけし君《くん》の顔色《かおいろ》が変《か》わった。

「ど、ど、ど、どうしよう？　オレ、やっぱり中庭《なかにわ》でタケルといっしょに待《ま》ってることにするよ。ハルナ先生《せんせい》、変《か》わってもらってもいいかな？」

「あ。いい忘《わす》れてたけど、外灯《がいとう》がこわれちゃってて、中庭《なかにわ》は真《ま》っ暗《くら》だぞ。手術《しゅじゅつ》に失敗《しっぱい》して死《し》んじまった女《おんな》の人《ひと》のおばけが出《で》るってうわさもあるみたいだし……」

気《き》の毒《どく》になるくらい、たけし君《くん》は急速《きゅうそく》に青《あお》ざめていく。

「やっぱり中庭《なかにわ》はいいや。……もう！　オレ、どうすればいいんだよ？」

「科学的《かがくてき》に考《かんが》えて、幽霊《ゆうれい》なんてものがこの世《よ》に存在《そんざい》するはずがないでしょう？」

冷静《れいせい》にひろし君《くん》が答《こた》えた。

「卓郎君《たくろうくん》もこんなときに冗談《じょうだん》はやめてください」

「悪《わる》い、悪《わる》い」

卓郎君《たくろうくん》がおどけた表情《ひょうじょう》をうかべる。

「え……うそなの？」

たけし君《くん》は胸《むね》に手《て》を当《あ》て、長《なが》いため息《いき》をはいた。

「おどかすなよ。マジで心臓《しんぞう》が止《と》まるかと思《おも》ったじゃん」

「信《しん》じるほうがどうかしてると思《おも》うけど」

美香《みか》ちゃんがあきれたようにいう。

「はい、関係《かんけい》ないおしゃべりはそこまで」

先生《せんせい》が割《わ》って入《はい》り、手《て》をたたいた。

「くだらない話《はなし》をしてるとその分《ぶん》、タケルちゃんの面会時間《めんかいじかん》が減《へ》っちゃうわよ。そろそろＴＯＡ作戦《さくせん》を実行《じっこう》に移《うつ》しましょう」

「らじゃっ！」

たけし君《くん》だけが大声《おおごえ》でさけぶ。

……だから、らじゃっ！　てなに？

7 作戦失敗《さくせんしっぱい》

意気揚々《いきようよう》と病院内《びょういんない》に入《はい》っていく四人《よにん》を見送《みおく》ったあと、ぼくとハルナ先生《せんせい》は中庭《なかにわ》へ向《む》かった。

中庭《なかにわ》は入院患者《にゅういんかんじゃ》が散歩《さんぽ》を楽《たの》しめるような場所《ばしょ》だと思《おも》っていたのに、実際《じっさい》にはほとんど手入《てい》れされておらず、ずいぶんとあれ果《は》てている。

話《はなし》を聞《き》く限《かぎ》り、この病院《びょういん》は廃業寸前《はいぎょうすんぜん》でギリギリの人員《じんいん》しか雇《やと》っていないみたいだし、お父《とう》さんはひさしぶりの入院患者《にゅういんかんじゃ》だったそうだから、まあそれも仕方《しかた》がないのかもしれない。

等間隔《とうかんかく》に並《なら》んだ外灯《がいとう》は、かなり古《ふる》びてはいたけれど、ちゃんと明《あ》かりが灯《とも》っていた。真《ま》っ暗《くら》でなにも見《み》えないというのも、たけし君《くん》をこわがらせるために卓郎君《たくろうくん》がついたうそだったのだろう。

先生《せんせい》の胸《むね》に抱《だ》かれたまま、ぼくはきょろきょろとあたりを見回《みまわ》した。こわれた机《つくえ》やところどころへこんだアルミ棚《だな》が放置《ほうち》されたままになっていて、気持《きも》ちのよい場所《ばしょ》とはいいがたい。ときどき吹《ふ》きこんでくる生暖《なまあたた》かい風《かぜ》もうす気味悪《きみわる》かった。

だけど、先生《せんせい》の感想《かんそう》はぼくとはちがっていたようだ。

「なつかしいな……」

中庭《なかにわ》の中央《ちゅうおう》に生《は》えた大《おお》きなクヌギの木《き》にふれながら、ハルナ先生《せんせい》はぼそりとつぶやいた。

……なつかしい？

なつかしいってどういうことだろう？

「私《わたし》ね、このクヌギの木《き》に登《のぼ》ったことがあるの。といっても今《いま》から二十年《にじゅうねん》も前《まえ》の話《はなし》だけど」

最初《さいしょ》はひとりごとなのかと思《おも》ったが、どうやらぼくに話《はな》しかけているらしい。ぼくは姿勢《しせい》を正《ただ》して、先生《せんせい》のほうに向《む》き直《なお》った。

「もう二十年《にじゅうねん》か……早《はや》いな。月日《つきひ》が過《す》ぎるのって、本当《ほんとう》にあっという間《ま》ね」

二十年前《にじゅうねんまえ》ということは、ハルナ先生《せんせい》がまだ小学生《しょうがくせい》のころの話《はなし》だろうか？

「ほら、上《うえ》のほうに太《ふと》い枝《えだ》が見《み》えるでしょう？　あそこにユズキちゃんと並《なら》んでこしかけて、一日中《にちじゅう》ずっと遠《とお》くの景色《けしき》をながめていたのよ」

……ユズキちゃん？

ぼくは首《くび》をひねった。誰《だれ》だろう？　初《はじ》めて聞《き》く名前《なまえ》だった。

「ユズキちゃんっていうのはね、私《わたし》が碧奥小学校《へきおしょうがっこう》に通《かよ》っているとき、一番仲《いちばんなか》のよかったお友達《ともだち》なの。ふたりでいろんなところに出《で》かけて……いつもいっしょに遊《あそ》んでたなあ。ちょうど今《いま》のひろし君《くん》たちみたいに」

そう口《くち》にしながら、ハルナ先生《せんせい》は遠《とお》くを見《み》つめた。星空《ほしぞら》ではなく、ぼくの目《め》には見《み》えないべつのものをながめているように感《かん》じられる。

「みんなを見《み》てると、あのころの自分《じぶん》を思《おも》い出《だ》して、ときどきしんみりした気分《きぶん》になっちゃうの」

目《め》の下《した》をぬぐいながら、先生《せんせい》はいった。

「こんな話《はなし》、あの子《こ》たちにはできないし……でも誰《だれ》かに聞《き》いてもらいたかったから、タケルちゃんだけに話《はな》すね」

ハルナ先生《せんせい》はなんだかものすごく悲《かな》しそうだ。ぼくに話《はな》して心《こころ》が楽《らく》になるなら、どんな話《はなし》だって聞《き》く。ぼくはそんな思《おも》いをこめて、先生《せんせい》の手《て》をぺろりとなめた。

「小学四年生《しょうがくよねんせい》の秋《あき》……碧奥小学校《へきおしょうがっこう》に通《かよ》う生徒《せいと》たちがいっせいに行方不明《ゆくえふめい》になったすぐあと、ユズキちゃんは原因不明《げんいんふめい》の高熱《こうねつ》を出《だ》してこの病院《びょういん》に入院《にゅういん》したの。行方不明者《ゆくえふめいしゃ》の中《なか》にはユズキちゃんのお兄《にい》さんもふくまれていたから、最初《さいしょ》はそのことがショックで病気《びょうき》になっちゃったのかなと思《おも》ったんだけど……」

ハルナ先生《せんせい》はそこでいったん言葉《ことば》を止《と》めた。

……そうじゃなかったの？

ぼくはたずねる。

「昼間《ひるま》は病人《びょうにん》とは思《おも》えないくらい元気《げんき》でね……お見舞《みま》いに来《き》た私《わたし》といっしょにこの木《き》に登《のぼ》って遊《あそ》んでいたのに、夜《よる》になると一気《いっき》に熱《ねつ》が上《あ》がって……そのくり返《かえ》し。治《なお》るどころか、ユズキちゃんはどんどんやせ細《ほそ》っていって、とうとう面会《めんかい》もできなくなっちゃった」

そのときのことを思《おも》い出《だ》したのか、後半《こうはん》は話《はな》す声《こえ》がかすれていた。

その子《こ》……どうなったの？

最悪《さいあく》の事態《じたい》を予想《よそう》しながら、おそるおそる先生《せんせい》の顔《かお》を見上《みあ》げる。

「それっきり」

先生《せんせい》はぼくと目《め》を合《あ》わせると、ため息《いき》まじりに答《こた》える。

「いつものように病院《びょういん》へ行《い》ったら、『ユズキちゃんは昨日《きのう》、退院《たいいん》しましたよ』っていわれたの。子供《こども》たちが行方《ゆくえ》不明《ふめい》になる事件《じけん》が起《お》こって、残《のこ》った私《わたし》たちはそれぞれ別々《べつべつ》の学校《がっこう》に通《かよ》うことになっていたんだけど……この機会《きかい》に都会《とかい》へひっこすそうですって。そんな話《はなし》、少《すこ》しも聞《き》いていなかったから私《わたし》、おどろいちゃって」

そこまでしゃべると、先生《せんせい》は空《そら》を見上《みあ》げて目《め》を細《ほそ》めた。

「あわててユズキちゃんの家《いえ》へ行《い》ったけど、すでに表札《ひょうさつ》もはずされてて、雨戸《あまど》のすきまから見《み》えた部屋《へや》の中《なか》は空《から》っぽ。ひっこしたあとだったみたい」

先生《せんせい》は口《くち》もとをほんの少《すこ》しだけゆるめて笑《わら》ってみせたが、星空《ほしぞら》を見《み》つめるひとみは相変《あいか》わらずさみしげな光《ひかり》を放《はな》っている。

「あんなに仲《なか》がよかったのに、さよならもいわずに出《で》て行《い》っちゃうんだもん。水《みず》くさいよね」

ぼくの前《まえ》あしに水滴《すいてき》が落《お》ちてきた。空《そら》には今《いま》も星《ほし》がたくさんまたたいているから雨《あめ》ではない。なめてみるとしょっぱかった。

……ユズキちゃんにはそれから一度《いちど》も会《あ》ってないの？

「ユズキちゃん。休《やす》み時間《じかん》になるといつも一番《いちばん》に校庭《こうてい》に飛《と》び出《だ》して、四《よ》つ葉《ば》のクローバーを探《さが》していたの。でも、ちっとも見《み》つからなくて……。神様《かみさま》は意地悪《いじわる》だ、あたしをなかなか幸《しあわ》せにしてくれないって、いつも愚痴《ぐち》をこぼしてた」

ぼくの言葉《ことば》は残念《ざんねん》ながら通《つう》じず、ハルナ先生《せんせい》は別《べつ》のエピソードを語《かた》り始《はじ》めた。

「私《わたし》、ユズキちゃんに会《あ》いたくてね、彼女《かのじょ》がひっこしたあと、必死《ひっし》で四《よ》つ葉《ば》のクローバーを探《さが》したの。なんの根拠《こんきょ》もないんだけど、見《み》つけたらもう一度《いちど》ユズキちゃんに会《あ》えるような気《き》がして」

先生《せんせい》は早口《はやくち》で続《つづ》ける。

「ユズキちゃんがひっこしてから半年《はんとし》くらい経《た》ったころに、ようやく見《み》つけたわ。あのときはうれしかったなあ。そのことを早《はや》くユズキちゃんに伝《つた》えたくて、いろんな人《ひと》にひっこし先《さき》の電話番《でんわばん》号《ごう》や住所《じゅうしょ》をきいたんだけど、誰《だれ》も教《おし》えてくれなかった。……結局《けっきょく》、電話《でんわ》もかけられなければ手紙《てがみ》を送《おく》ることもできなくて……そのまま二十年《にじゅうねん》が経《た》っちゃった」

偶然《ぐうぜん》にも、ぼくの質問《しつもん》に答《こた》える形《かたち》で先生《せんせい》の思《おも》い出話《でばなし》は終《お》わった。

「ユズキちゃん……今《いま》ごろ、どうしてるのかな？　ひさしぶりにここへやって来《き》たら会《あ》いたくなっちゃった。もう私《わたし》のことなんてすっかり忘《わす》れてしまってるかもしれないけど……」

ぼくは首《くび》をかしげた。

ハルナ先生《せんせい》とユズキちゃん――ふたりの仲《なか》がとてもよかったことは、先生《せんせい》の話《はなし》からよくわかる。だったら、さよならのあいさつもせずに別《わか》れてしまうなんて、普通《ふつう》はあり得《え》ないだろう。

もしお父《とう》さんの仕事《しごと》の都合《つごう》で、ぼくが遠《とお》い町《まち》へひっこすことになったなら、これまでお世話《せわ》になった人《ひと》たち全員《ぜんいん》にありがとうと伝《つた》えたい。だまってひっこすなんて絶対《ぜったい》に考《かんが》えられなかった。

ユズキちゃんにはきっと、お別《わか》れを告《つ》げずにこの町《まち》を去《さ》らなければならない理由《りゆう》があったのだ。その理由《りゆう》がわかれば、先生《せんせい》のさみしそうな顔《かお》を少《すこ》しは明《あか》るくできるような気《き》がした。

「……ちょっとおそくない？」

うで時計《どけい》に視線《しせん》を落《お》としながら、先生《せんせい》がいう。

「みんなと別《わか》れてから五分以上《ごふんいじょう》経《た》ってるけど、まだなのかしら？」

いわれてみればそうだ。計画《けいかく》どおりに作戦《さくせん》が進《すす》んでいるなら、お父《とう》さんはすでに病室《びょうしつ》を移動《いどう》していて、そろそろ窓《まど》から顔《かお》を出《だ》してくれてもいいはず。しかし建物《たてもの》を確認《かくにん》しても、いっこうにそのような気配《けはい》は感《かん》じられない。

なにかあったのかな？

胸《むね》のあたりがざわついたそのときだ。

突然《とつぜん》、けたたましいサイレンが鳴《な》りひびいた。

なにが起《お》こったのか？　とあたりをきょろきょろ見回《みまわ》す。

『非常事態発生《ひじょうじたいはっせい》、非常事態発生《ひじょうじたいはっせい》』

サイレンが鳴《な》りやむと、男性《だんせい》の声《こえ》でアナウンスがひびいた。

『職員《しょくいん》は非常災害時《ひじょうさいがいじ》マニュアルに従《したが》ってすみやかに行動《こうどう》してください。通院《つういん》の患者《かんじゃ》さん、および見舞《みま》いに来《こ》られた方《かた》は誘導灯《ゆうどうとう》に従《したが》って非常口《ひじょうぐち》へのご移動《いどう》をお願《ねが》いします。入院《にゅういん》されている患者《かんじゃ》さんはそのまま病室《びょうしつ》に待機《たいき》し、職員《しょくいん》の指示《しじ》をお待《ま》ちください。くり返《かえ》します。非常事態発生《ひじょうじたいはっせい》、非常《ひじょう》事態発生《じたいはっせい》――』

同《おな》じ言葉《ことば》をくり返《かえ》す。どうやら、あらかじめ録音《ろくおん》されている声《こえ》のようだ。

「まさか、タケルちゃんのお父《とう》さんを向《む》かい側《がわ》の病室《びょうしつ》へ移動《いどう》させたことがばれて、こうなったわけじゃないわよね？」

まさか。たとえばれたのだとしても、このアナウンスはあまりにも大《おお》げさすぎるだろう。

『これよりすべてのとびらと窓《まど》を封鎖《ふうさ》します。とびらや窓《まど》の近《ちか》くにいる方《かた》は危険《きけん》ですのではなれてください』

「とびらと窓《まど》を封鎖《ふうさ》？　……え、なに？　どういうこと？」

ハルナ先生《せんせい》があたふたしていると、再《ふたた》びサイレンが鳴《な》った。めまいがするくらいやかましい。

ぼくは耳《みみ》にふたをしたが、それでもまだ頭《あたま》にガンガンとひびいてくる。

ガシャンっ！

重苦《おもくる》しい機械音《きかいおん》が鳴《な》りわたった。窓《まど》の明《あ》かりがいっせいに消《き》える。いや、消《き》えたわけではなかった。すべての窓《まど》にシャッターが下《お》りている。

「え……うそでしょう？」

ハルナ先生《せんせい》の胸《むね》から飛《と》び下《お》り、窓《まど》に向《む》かった。先生《せんせい》もあとを追《お》いかけてくる。

見《み》るからにがんじょうそうなシャッターだ。先生《せんせい》が手《て》をかけたが、どうすれば動《うご》くのかまるでわからない。たたいてもびくともしなかった。となりの窓《まど》もそのとなりの窓《まど》も、同《おな》じように引《ひ》っ張《ば》ったりたたいたりするのだが、結果《けっか》は変《か》わらない。

「ねえ、なんなのこれ？　なにが起《お》こったっていうの？」

ハルナ先生《せんせい》がぼくに向《む》かっていう。そんなこと、ぼくにだってわかるはずがない。

「そうだ、ドアは？」

先生《せんせい》は中庭《なかにわ》に通《つう》じている唯一《ゆいいつ》のとびらに近《ちか》づいた。しかし、当然《とうぜん》ながらロックされている。力《ちから》いっぱい引《ひ》っ張《ぱ》っても、とびらが開《ひら》く気配《けはい》はない。

居《い》ても立《た》ってもいられなくなり、ぼくは先《さき》ほどひろし君《くん》たちを見送《みおく》った玄関口《げんかんぐち》へと向《む》かった。玄関《げんかん》のとびらはガラス張《ば》りになっている。たとえ開《ひら》かなくても、中《なか》の様子《ようす》はわかるはずだ。

一気《いっき》に玄関前《げんかんまえ》までかけ抜《ぬ》け、ぼくは立《た》ち止《ど》まった。呆然《ぼうぜん》と目《め》の前《まえ》の光景《こうけい》をながめる。

「……うそ」

背中《せなか》のほうから、ハルナ先生《せんせい》の絶望《ぜつぼう》した声《こえ》が聞《き》こえた。

玄関《げんかん》のとびらにも、窓《まど》と同《おな》じように分厚《ぶあつ》いシャッターが下《お》りている。病院《びょういん》の中《なか》の様子《ようす》はまったくわからなかった。

8 閉《と》じこめられた四人《よにん》

「みんな！　そこにいるの？」

シャッターをたたきながら先生《せんせい》がさけんだ。ぼくもありったけの大声《おおごえ》でほえる。

だけど、ひろし君《くん》たちの声《こえ》は聞《き》こえてこない。シャッターが音《おと》をさえぎっているのかもしれなかった。

「どうしよう？」

ハルナ先生《せんせい》がそう口《くち》にしたのとほぼ同時《どうじ》に、虫《むし》の羽音《はおと》に似《に》た音《おと》があたりにひびきわたった。先《せん》生《せい》の着《き》ているシャツの胸《むね》ポケットから聞《き》こえてくる。

その音《おと》なら以前《いぜん》にも耳《みみ》にしたことがあった。先生《せんせい》の持《も》っているスマートフォンの着信音《ちゃくしんおん》だ。

ハルナ先生《せんせい》はあわてた様子《ようす》で電話《でんわ》に出《で》た。

「もしもし」

『……ハルナ先生《せんせい》ですか？』

向《む》こう側《がわ》の声《こえ》がぼくの耳《みみ》にもはっきりと届《とど》く。電話《でんわ》をかけてきたのはひろし君《くん》だった。

『今《いま》、受付《うけつけ》の前《まえ》にある公衆電話《こうしゅうでんわ》からかけています』

とりあえず元気《げんき》そうだ。

ぼくは胸《むね》をなでおろした。

「よかった、無事《ぶじ》なのね。それにしても、先生《せんせい》の携帯《けいたい》の番号《ばんごう》がよくわかったわね」

「新学期《しんがっき》に配《くば》られた学級通信《がっきゅうつうしん》に書《か》いてありましたから。先生《せんせい》の電話番号《でんわばんごう》はすべて素数《そすう》の組《く》み合《あ》わせでできていて興味深《きょうみぶか》かったのですぐに覚《おぼ》えてしまいました」

ソスウってなんだろう？　よくわからない。ただ、ハルナ先生《せんせい》がおどろいた顔《かお》を見《み》せたので、普通《ふつう》の小学生《しょうがくせい》は知《し》らない難解《なんかい》なものだってことだけはわかった。

「いったいなにがあったの？」

『それが……僕《ぼく》にもよくわからなくて……』

「おい、なにもたもたしてるんだよ！　オレに貸《か》せってば！」

たけし君《くん》の声《こえ》が重《かさ》なる。

『ハルナ先生《せんせい》？　大変《たいへん》だよ！』

その直後《ちょくご》にたけし君《くん》が発《はっ》したひとことは、思《おも》わず気《き》を失《うしな》ってしまいそうになるくらい衝撃的《しょうげきてき》なものだった。

『タケルパパも院長先生《いんちょうせんせい》も看護師《かんごし》さんも……みんな、死《し》んじゃってるんだ！』

……え？

一瞬《いっしゅん》、ぼくの周《まわ》りの時間《じかん》が止《と》まった。

……お父《とう》さんが死《し》んだ？

たけし君《くん》はなにをいっているんだろう？

そんなこと……あるわけがない。たけし君《くん》はきっと寝《ね》ぼけているのだ。

「ちょっと……どういうこと？　先生《せんせい》にわかるように話《はな》してもらえる？」

『だから、みんな死《し》んじゃって——』

そこで電話《でんわ》はとぎれた。

「え？　なに？　なんなの？」

こうしちゃいられない。

ぼくは先生《せんせい》のそばをはなれ、建物《たてもの》ぞいを走《はし》った。

とびらも窓《まど》もすべてふさがれてしまったから、この病院《びょういん》へ出入《ではい》りすることはもはや不可能《ふかのう》だ。

だけど、それは人間《にんげん》に限《かぎ》っての話《はなし》。みんなよりからだの小《ち》さいぼくなら、どこかのすきまから侵《しん》入《にゅう》することができるかもしれない。

どこだ？

目《め》を閉《と》じ、嗅覚《きゅうかく》に全神経《ぜんしんけい》を集中《しゅうちゅう》させる。

土《つち》のにおい、草《くさ》のにおい、虫《むし》のにおい……それらと共《とも》に、消毒液《しょうどくえき》のにおいを感《かん》じ取《と》った。

お父《とう》さんに連《つ》れられて月《つき》に一度《いちど》訪《おとず》れる動物病院《どうぶつびょういん》にも、このにおいが充満《じゅうまん》していたことを思《おも》い出《だ》す。人間《にんげん》の病院《びょういん》もきっと同《おな》じなのだろう。これは病院《びょういん》の中《なか》のにおいだ。どこかからもれ出《だ》しているにちがいない。

ぼくはにおいの出《で》どころを追《お》った。少《すこ》しずつにおいが強《つよ》まってくる。その場所《ばしょ》に近《ちか》づいていることはまちがいない。食《た》べもののにおいと混《ま》ざり合《あ》っているような気《き》もした。少《すこ》しくさったようなにおいもする。

くさった食《た》べ物《もの》のにおい？　もしかして……。

ぼくは〈ゴミ集積所《しゅうせきじょ》〉と記《しる》されたコンクリート製《せい》の大《おお》きな箱《はこ》の前《まえ》で立《た》ち止《ど》まった。それは病院《びょういん》の建物《たてもの》にくっつくような形《かたち》で存在《そんざい》している。鉄《てつ》のとびらには南京錠《なんきんじょう》がかかっていて開《あ》けることはできなかったが、わずかにコンクリートの欠《か》けた部分《ぶぶん》があった。そこから生《なま》ゴミと消毒液《しょうどくえき》のにおいがただよってくる。

前《まえ》あしで欠《か》けたところをさわってみると、古《ふる》くて劣化《れっか》していたのか、コンクリートがくずれて穴《あな》が空《あ》いた。さらに前《まえ》あしを動《うご》かすと、穴《あな》はより大《おお》きくなる。何度《なんど》かその行動《こうどう》をくり返《かえ》すと、ぼくが入《はい》れるくらいの穴《あな》になった。ためらうことなく中《なか》に入《はい》る。

箱《はこ》の内側《うちがわ》にはゴミのつまったビニール袋《ぶくろ》がたくさん置《お》いてあった。くさった食《た》べ物《もの》のにおいはここからただよってくる。

でも、消毒液《しょうどくえき》のにおいはちがう。別《べつ》の場所《ばしょ》からだ。

首《くび》を動《うご》かし、上《うえ》を見《み》る。コンクリートの一部《いちぶ》に鉄《てつ》の板《いた》がはりつけてあった。消毒液《しょうどくえき》のにおいはそのすきまからもれてくる。

ゴミの入《はい》ったビニール袋《ぶくろ》を足場《あしば》に飛《と》びあがり、ぼくは鉄《てつ》の板《いた》へと体当《たいあ》たりした。板《いた》はあっけなくはずれた。

病院特有《びょういんとくゆう》の消毒液《しょうどくえき》のにおいが鼻孔《びこう》を刺激《しげき》する。あたりは真《ま》っ暗《くら》だったが、次第《しだい》に目《め》が慣《な》れ、室内《しつない》の様子《ようす》が少《すこ》しずつわかり始《はじ》めた。

モップやバケツ、大《おお》きな掃除機《そうじき》などがきれいに整頓《せいとん》されて置《お》いてある。

後《うし》ろをふり返《かえ》ると、自分《じぶん》が体当《たいあ》たりした鉄《てつ》の板《いた》がこちらに向《む》かって開《ひら》いていた。その向《む》こう側《がわ》にはゴミのつまった袋《ふくろ》が見《み》える。ダストシュートを通《とお》り抜《ぬ》け、ぼくは病院内《びょういんない》へもぐりこむことに成功《せいこう》したらしい。

お父《とう》さん、待《ま》っててね。

ダストシュートの前《まえ》をはなれ、ドアに近《ちか》づく。ドアと壁《かべ》の間《あいだ》に鼻先《はなさき》をおし当《あ》てた。幸《さいわ》いにもドアは簡単《かんたん》にスライドし、ぼくは部屋《へや》の外《そと》へと進《すす》むことができた。

周囲《しゅうい》を確認《かくにん》する。先《さき》ほどの部屋《へや》とちがって照明《しょうめい》が灯《とも》っていたため、遠《とお》くまで見通《みとお》すことができた。

白《しろ》い壁《かべ》と廊下《ろうか》がずっと奥《おく》まで続《つづ》いている。お父《とう》さんのにおいをかすかに感《かん》じ、ぼくはそちらへ顔《かお》を向《む》けた。廊下《ろうか》の先《さき》に人影《ひとかげ》が見《み》える。

お父《とう》さん？

ぼくは声《こえ》をあげた。人影《ひとかげ》がこちらをふり返《かえ》る。

ちがう。お父《とう》さんじゃない。ひろし君《くん》だ。ひろし君《くん》は公衆電話機《こうしゅうでんわき》の前《まえ》に立《た》ち、受話器《じゅわき》を耳《みみ》に当《あ》てたまま、無言《むごん》でたたずんでいた。

ひろし君《くん》！　お父《とう》さんはどこ？

ぼくはそうさけびながら、全力《ぜんりょく》で廊下《ろうか》を走《はし》った。

「タケル君《くん》……どうして？」

ぼくのほうに顔《かお》を向《む》け、ひろし君《くん》は目《め》を大《おお》きく見開《みひら》いた。いつも冷静《れいせい》なひろし君《くん》がそんなふうにおどろいた表情《ひょうじょう》を見《み》せるのはめずらしい。

「え？　タケル？」

公衆電話《こうしゅうでんわ》のかげから、たけし君《くん》が飛《と》び出《だ》してきた。

「おまえ、どこから入《はい》ってきたんだよ？　イヤだよ、もう。早《はや》くここから出《だ》してくれよ」

そんなことよりお父《とう》さんは？

ぼくを抱《だ》きしめようとこしをかがめたたけし君《くん》の横《よこ》をすり抜《ぬ》け、廊下《ろうか》を右《みぎ》に曲《ま》がる。そのまま、お父《とう》さんのにおいがするほうへと走《はし》った。

病室《びょうしつ》のとびらがひとつ空《あ》いている。お父《とう》さんのにおいはそこからただよっていた。

お父《とう》さん！

ぼくはスピードをゆるめることなく方向《ほうこう》を変《か》え、その病室《びょうしつ》に飛《と》びこんだ。勢《いきお》いよくジャンプして、ベッドでねむっていたお父《とう》さんの胸《むね》に飛《と》びつく。

こら、苦《くる》しい。やめろってば！

きっとお父《とう》さんはぼくをしかりつける。そうしてほしかった。だってもう三日間《みっかかん》も怒《おこ》られていないのだ。

お父《とう》さんの胸《むね》に顔《かお》をうずめ、ぎゅっと目《め》を閉《と》じてしかられるときを待《ま》った。だけど――

……あれ？

お父《とう》さんの怒鳴《どな》り声《ごえ》はいつまで経《た》っても聞《き》こえてこない。なにか様子《ようす》が変《へん》だ。

ぼくは顔《かお》を上《あ》げると、胸《むね》の上《うえ》に乗《の》ったまま、お父《とう》さんの様子《ようす》をうかがった。

お父《とう》さんは目《め》を閉《と》じたまま動《うご》かない。

起《お》きて。ぼくだよ。

うでをのばし、あごのあたりをひっかいてやる。それでもお父《とう》さんは起《お》きなかった。

うそでしょ？

不安《ふあん》な気持《きも》ちがむくむくとふくれあがる。

今《いま》までこんなことは一度《いちど》もなかった。

お酒《さけ》によっぱらってねむっているときだって、ぼくがひっかいたらすぐに目《め》を覚《さ》ました。

それなのに、どうして……。

――タケルパパも院長先生《いんちょうせんせい》も看護師《かんごし》さんも……みんな、死《し》んじゃってるんだ！

先《さき》ほど電話《でんわ》ごしに聞《き》いたたけし君《くん》のさけび声《ごえ》を思《おも》い出《だ》す。

そんな……まさか……。

胸《むね》が苦《くる》しい。心臓《しんぞう》が早鐘《はやがね》を打《う》ち鳴《な》らし始《はじ》める。

起《お》きて！　起《お》きてよ、お父《とう》さん！

ぼくは何度《なんど》も何度《なんど》も顔《かお》をひっかいたが、それでもお父《とう》さんが目《め》を覚《さ》ますことはなかった。

9 閉《と》ざされた逃《に》げ道《みち》

「……タケル君《くん》」

いつの間《ま》にそばにきたのか、ひろし君《くん》がぼくを抱《だ》きかかえる。

はなして！　お父《とう》さんが！　お父《とう》さんが！

からだをよじって、ぼくはあばれた。

「落《お》ち着《つ》いてください。オジサンは大丈夫《だいじょうぶ》ですから」

大丈夫《だいじょうぶ》？　そんなわけがない。あれだけ顔《かお》をひっかいても起《お》きないなんて、絶対《ぜったい》におかしい。

「呼吸《こきゅう》も乱《みだ》れていませんし、脈拍《みゃくはく》も正常《せいじょう》です。おそらく薬《くすり》でねむらされているのだと思《おも》います」

ひろし君《くん》にそういわれて、ぼくはもう一度《いちど》お父《とう》さんの顔《かお》を見《み》た。確《たし》かに、顔色《かおいろ》も悪《わる》くないし、気持《きも》ちよさそうな寝息《ねいき》も聞《き》こえてくる。命《いのち》に別状《べつじょう》はなさそうだ。

気持《きも》ちは少《すこ》しだけ落《お》ち着《つ》いたが、だからといって安心《あんしん》はできなかった。薬《くすり》でねむった、ではなく、ねむらされた、とひろし君《くん》はいった。誰《だれ》かに無理《むり》やりこのような状態《じょうたい》にされたということなのだろうか？

六日前《むいかまえ》。廃校《はいこう》の校庭《こうてい》で鼻先《はなさき》に布《ぬの》きれをおし当《あ》てられ、気《き》を失《うしな》ったぼくたちは、次《つぎ》に目《め》を覚《さ》ましたとき、地下室《ちかしつ》に閉《と》じこめられていた。状況《じょうきょう》はちょっとちがうけど、あのときのことを思《おも》い出《だ》さずにはいられない。

「おい、ひろし。今《いま》、たけしに聞《き》いたけど、タケルがいるって本当《ほんとう》なのか？」

病室内《びょうしつない》に卓郎君《たくろうくん》が飛《と》びこんできた。あわてて走《はし》ってきたのか、いつも整《ととの》っている髪型《かみがた》が、かなり乱《みだ》れている。

「ええ、こちらに。それで、院長先生《いんちょうせんせい》と看護師《かんごし》さんたちは？」

「ああ、大丈夫《だいじょうぶ》。おまえにいわれたとおり、毛布《もうふ》をかけてからだが冷《ひ》えないようにしておいたから」

「持《も》ち物《もの》も調《しら》べていただけましたか？」

「ああ。でも、携帯電話《けいたいでんわ》を持《も》ってるヤツはひとりもいなかったぜ」

卓郎君《たくろうくん》はため息《いき》まじりに答《こた》えた。

「そうですか。きっと、ねむらされたときにうばわれたのでしょうね」

どういうこと？

ぼくはひろし君《くん》を見上《みあ》げた。ここでなにが起《お》こっているのか、ぼくにはまだ全然《ぜんぜん》わかっていない。

「公衆電話《こうしゅうでんわ》もつながらなくなっちまったんだろ？　俺《おれ》たちいったい、どうすればいいんだよ？」

「いったん、ナースステーションへもどりましょう」

え……だけど、お父《とう》さんは？

「タケル君《くん》。お父《とう》さんは心配《しんぱい》ありません。薬《くすり》が切《き》れれば、目《め》を覚《さ》まします。今《いま》はゆっくり寝《ね》かせておいてあげましょう」

ぼくの気持《きも》ちが伝《つた》わったのかどうかはわからないけど、ひろし君《くん》はそういった。

正直《しょうじき》なところをいえば、お父《とう》さんのそばにずっとついていてあげたい。そう思《おも》う半面《はんめん》、なにが起《お》こっているのか知《し》らなければいけない気《き》もした。

また、あとでね。

ぼくはお父《とう》さんにそう伝《つた》えると、ひろし君《くん》に抱《だ》かれたまま病室《びょうしつ》を出《で》た。

「タケル君《くん》と別《わか》れたあと、すぐに僕《ぼく》たちはＴＯＡ作戦《さくせん》を実行《じっこう》に移《うつ》しました。卓郎君《たくろうくん》と美香《みか》さんは玄関《げんかん》を入《はい》って正面《しょうめん》にあるナースステーションへ。たけし君《くん》は廊下《ろうか》で待機《たいき》。ぼくはタケル君《くん》のオジサンの病室《びょうしつ》へと走《はし》りました」

早足《はやあし》で廊下《ろうか》を進《すす》みながら、ひろし君《くん》はいった。

「おい、ひろし。誰《だれ》に向《む》かってしゃべってるんだ？」

卓郎君《たくろうくん》が不思議《ふしぎ》そうな顔《かお》できく。

「タケル君《くん》です。今《いま》の状況《じょうきょう》を知《し》っておいてもらったほうがよいと思《おも》って」

おまえ、寝《ね》ぼけてんのか？　タケルは犬《いぬ》だぞ。言葉《ことば》が通《つう》じるわけないだろ。

普通《ふつう》なら、そんなふうに返《かえ》す場面《ばめん》だ。

でも、卓郎君《たくろうくん》はだまったままだった。ひろし君《くん》の突拍子《とっぴょうし》もない発言《はつげん》は今《いま》に始《はじ》まったことではないから、あえてなにもいわなかったのか、それともぼくが普通《ふつう》の犬《いぬ》ではないことに卓郎君《たくろうくん》も気《き》づき始《はじ》めているのか、そのあたりのことはよくわからない。

「僕《ぼく》が病室《びょうしつ》にやって来《き》たとき、すでにタケル君《くん》のオジサンはあの状態《じょうたい》でした。耳《みみ》もとで呼《よ》びかけてもからだをゆすっても目《め》を覚《さ》まさなくて……。これはおかしいぞ、と首《くび》をひねっていると、いきなりサイレンが鳴《な》り始《はじ》め、窓《まど》にシャッターが下《お》りました」

めがねのフレームをおし上《あ》げて、ひろし君《くん》は先《さき》を続《つづ》けた。

「ぼくは計画《けいかく》をいったん中断《ちゅうだん》し、廊下《ろうか》であたふたしていたたけし君《くん》といっしょに、ナースステーションへと移動《いどう》しました」

ひろし君《くん》がそこまでしゃべり終《お》えたところで、ちょうどナースステーションの前《まえ》にたどり着《つ》いた。ひろし君《くん》のうでから抜《ぬ》け出《だ》して、ナースステーションのカウンターに飛《と》び移《うつ》る。

冷《つめ》たい床《ゆか》の上《うえ》で三人《さんにん》の大人《おとな》がねむっていた。

白《しろ》いひげを生《は》やした初老《しょろう》の男性《だんせい》がこの病院《びょういん》の院長《いんちょう》、若《わか》い女性《じょせい》二人《ふたり》が看護師《かんごし》なのだろう。

三人《さんにん》の周《まわ》りには書類《しょるい》が散乱《さんらん》していた。ひびの入《はい》ったノートパソコン、割《わ》れた花瓶《かびん》などもあって、まるでテレビの刑事《けいじ》ドラマで見《み》る事件現場《じけんげんば》みたいだ。

カウンターの上《うえ》には、ピンク色《いろ》のなぞの物体《ぶったい》が置《お》いてあった。お父《とう》さんが毎朝《まいあさ》食《た》べているタラコを十倍《じゅうばい》くらいにふくらませたような不可思議《ふかしぎ》なものがふたつ。それらは白《しろ》いパイプでつながっている。

前《まえ》あしをのばし、おそるおそるさわってみた。タラコみたいにプニプニしているのかと思《おも》ったが、どうやらプラスチックでできているらしく硬《かた》い。

「あ、タケル」

割《わ》れた花瓶《かびん》をかたづけていた美香《みか》ちゃんが顔《かお》を上《あ》げる。あいさつ代《が》わりにしっぽをふろうと思《おも》ったが、うまくいかなかった。まだ動揺《どうよう》しているのか、しっぽはいつ

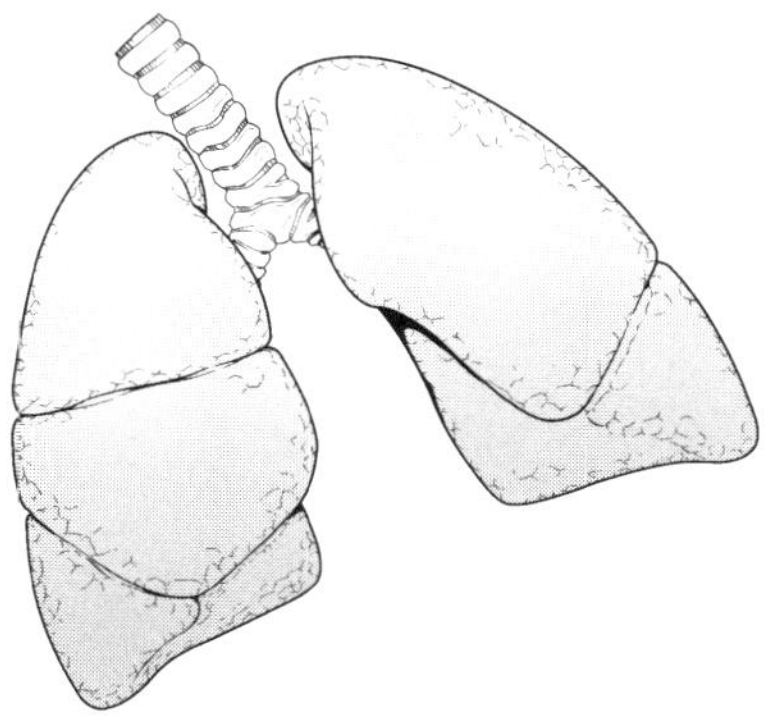

までも垂《た》れ下《さ》がったままで、上手《じょうず》に動《うご》いてくれない。この惨状《さんじょう》を見《み》れば、それも仕方《しかた》ないだろう。

卓郎君《たくろうくん》と美香《みか》ちゃんがナースステーションをのぞきこんだときには、すでにこのような状態《じょうたい》だったらしい。いったいなにが起《お》こったのか、わけがわからず呆然《ぼうぜん》としていると、サイレンが鳴《な》りひびき、玄関《げんかん》のとびらにシャッターが下《お》りたのだという。

「早《はや》くここから逃《に》げようよ……」

公衆電話機《こうしゅうでんわき》のそばに座《すわ》りこんでガタガタふるえていたたけし君《くん》が、かすれた声《こえ》を出《だ》した。

「オレ……そんなふうに死《し》にたくないよ……」

「やめてよ、たけし。誰《だれ》も死《し》んでないのに。みんなねむってるだけなんだからね」

美香《みか》ちゃんがたけし君《くん》をにらみつける。

「だとしても、おかしいだろ？　ちゃんとした大人《おとな》がどうして、病院《びょういん》の床《ゆか》でねむっちゃってるわけ？　玄関《げんかん》のとびらにも窓《まど》にもシャッターが下《お》りて、ここから出《で》られなくなっちゃった理由《りゆう》は？　もし、このまま外《そと》に出《で》られなかったら、オレたちどうなるんだよ？」

「ひろし。警察《けいさつ》には電話《でんわ》したのか？」

卓郎君《たくろうくん》がたずねる。

「それが……ハルナ先生《せんせい》と電話《でんわ》をしているとちゅうでぷつりと切《き》れてしまい、それ以降《いこう》はどこにもつながらなくなってしまいました」

「だったら、誰《だれ》も助《たす》けに来《き》てくれないじゃないか！　どうするんだよ？」

たけし君《くん》が大声《おおごえ》をあげる。

「大丈夫《だいじょうぶ》。ハルナ先生《せんせい》が警察《けいさつ》に連絡《れんらく》してくれたはずだから」

「そうだな。美香《みか》のいうとおりだ。そのうち、警察《けいさつ》が助《たす》けに来《き》てくれる。心配《しんぱい》いらねえよ」

ジェイルハウス、旧碧奥小学校《きゅうへきおしょうがっこう》、そして碧奥医院《へきおいいん》――ぼくたち四人《よにん》と一匹《いっぴき》が建物《たてもの》の中《なか》に閉《と》じこめられるのは、これが三回目《さんかいめ》だ。

でも、今《いま》までの二回《にかい》とは少《すこ》し状況《じょうきょう》がちがった。今回《こんかい》はぼくたちが閉《と》じこめられてしまったことを、ハルナ先生《せんせい》が知《し》っている。これまでのように必死《ひっし》で出口《でぐち》を探《さが》さなくても、助《たす》けが来《く》るのを待《ま》っていればそれでいいはずだ。

「警察《けいさつ》がやって来《く》るのを待《ま》つ？　イヤだよ。オレは今《いま》すぐにでもここから逃《に》げ出《だ》したい！」

つばを飛《と》ばしながら、たけし君《くん》はさけんだ。

「だって、おかしいだろ？　どうして、大人《おとな》たちがみんなねむっちゃってるんだよ？　タケルパパやここにいる医者《いしゃ》や看護師《かんごし》さんをねむらせた犯人《はんにん》が、まだどこかにひそんでるかもしれないわけだろ？　オレたちだっておそわれるかもしれない。そんなところに一秒《いちびょう》だっていたくないよ」

早口《はやくち》で一気《いっき》にまくしてたてる。

たけし君《くん》のいうとおりかもしれなかった。警察《けいさつ》を待《ま》っている間《あいだ》に、なにかもっと悪《わる》いことが起《お》こりそうな気《き》もする。残念《ざんねん》なことに、こういう予感《よかん》はたいていい当《あ》たるものなのだ。

たけし君《くん》と目《め》が合《あ》った。

「タケル！」

たけし君《くん》はカウンターの上《うえ》のぼくに、思《おも》いきり顔《かお》を近《ちか》づけてきた。

「おまえ、どこから病院《びょういん》の中《なか》に入《はい》ってきたんだよ？　すぐに案内《あんない》してくれ。入《はい》ってきたってことは、そこから出《で》ることもできるんだろ？」

今《いま》すぐ脱出《だっしゅつ》できるなら、それにこしたことはない。

ついてきて。

ぼくはカウンターから飛《と》び下《お》りると、掃除道具《そうじどうぐ》が置《お》いてあった部屋《へや》に向《む》かった。みんながあとをついてくる。

ダストシュートの口《くち》はせまいが、ひとりずつならなんとか通《とお》り抜《ぬ》けることができるはずだ。コンクリートの壁《かべ》はかなりもろかったから、みんなでたたいたりけったりすれば、難《なん》なくくずれるだろう。脱出《だっしゅつ》するのは簡単《かんたん》だ。

ドアの前《まえ》で立《た》ち止《ど》まってほえる。

「ここ？」

たけし君《くん》の問《と》いに、ぼくはうなずいた。

「なんの部屋《へや》？」

その質問《しつもん》に答《こた》える人《ひと》はいない。みんな、だまってドアを見《み》つめている。

「まさか、診察室《しんさつしつ》とかじゃないよね？」

自分《じぶん》のうでをさすりながら、たけし君《くん》はおびえたようにいった。

「なんだよ、おまえ。診察室《しんさつしつ》がこわいのか？」

卓郎君《たくろうくん》がからかうようにいう。

「だって、注射《ちゅうしゃ》されるイメージがあるからさ」

「おまえ、どれだけこわがりなんだよ。さあ、行《い》くぞ」

卓郎君《たくろうくん》がドアに手《て》をかけた。

「あ、待《ま》って待《ま》って。まだ心《こころ》の準備《じゅんび》が――」

たけし君《くん》の声《こえ》を無視《むし》して、ドアを開《あ》ける。

ぼくは部屋《へや》を横切《よこぎ》り、すぐさまダストシュートに飛《と》びこもうとした。……飛《と》びこもうとしたけど、鉄《てつ》のとびらは閉《し》まっていて立《た》ち止《ど》まるしかなかった。

……あれ？

おかしい。ダストシュートのとびらは開《あ》けっ放《ぱな》しになっていたはずだ。自動《じどう》で閉《し》まるようなしくみでもない。

この中《なか》の誰《だれ》かが閉《し》めたのだろうか？　いや、でもそれなら、たけし君《くん》が「なんの部屋《へや》？」とたずねたとき、ここが掃除道具《そうじどうぐ》の置《お》いてあるところだと答《こた》えることができたはずだ。

みんなだまっていたということは、この部屋《へや》へやって来《き》たのはぼく以外《いがい》に誰《だれ》もいない。

だとしたら、このとびらを閉《し》めたのは誰《だれ》なんだろう？

「ダストシュートですね。なるほど。ここから入《はい》ってきたわけですか」

察《さっ》しのよいひろし君《くん》が真実《しんじつ》をいい当《あ》てた。

「たぶん、外《そと》のゴミ集積所《しゅうせきじょ》につながってるんだな。よし、じゃあここから――」

卓郎君《たくろうくん》がとびらの取《と》っ手《て》をつかむ。

「あ、あれ？」

しかし、とびらは開《ひら》かなかった。

「なんだ、これ？　びくともしないけど」

そんなバカな。

さっきはぼくが体当《たいあ》たりしただけで開《ひら》いたのに……。

卓郎君《たくろうくん》に代《か》わって、ひろし君《くん》とたけし君《くん》、最後《さいご》はみんなで力《ちから》を合《あ》わせて引《ひ》っ張《ぱ》ったけど、鉄《てつ》のとびらは壁《かべ》にぴったりはりついているのか、少《すこ》しも動《うご》かない。

……どうして？

わけがわからず、そうつぶやく。

その問《と》いに答《こた》えてくれる人《ひと》は誰《だれ》もいなかった。

10 「心《こころ》」の問題《もんだい》

壁《かべ》に立《た》てかけてあった掃除道具《そうじどうぐ》を使《つか》って、鉄《てつ》のとびらをたたいたり、こじ開《あ》けようとしたり、みんなであれこれ試《ため》してみたけれど、ゴミ集積所《しゅうせきじょ》に通《つう》じるとびらに穴《あな》を空《あ》けることはできなかった。

「ここはダメだ。ほかの逃《に》げ道《みち》を見《み》つけようぜ」

卓郎君《たくろうくん》の言葉《ことば》に賛同《さんどう》し、部屋《へや》の外《そと》に出《で》る。卓郎君《たくろうくん》と美香《みか》ちゃん、ひろし君《くん》とたけし君《くん》でチームを作《つく》り、手分《てわ》けして病院内《びょういんない》を調《しら》べることになった。

話《はな》し合《あ》いの結果《けっか》、卓郎君《たくろうくん》と美香《みか》ちゃんは玄関《げんかん》より向《む》こう側《がわ》――お父《とう》さんの病室《びょうしつ》があるエリアを、ひろし君《くん》とたけし君《くん》は今《いま》ぼくたちのいるこちらのエリアを調《しら》べることが決《き》まった。

「ひととおり調《しら》べ終《お》わったら、ナースステーションの前《まえ》に集合《しゅうごう》しましょう」

ぼくはなやんだ末《すえ》、卓郎君《たくろうくん》と美香《みか》ちゃんのチームについていくことを決《き》めた。理由《りゆう》は単純《たんじゅん》。少《すこ》しでもお父《とう》さんの近《ちか》くにいたかったからだ。

ナースステーションと玄関《げんかん》の間《あいだ》を通《とお》り抜《ぬ》けて、ひっそりと静《しず》まり返《かえ》った廊下《ろうか》を進《すす》む。

ナースステーションのすぐ横《よこ》にはエレベーターがあったが、卓郎君《たくろうくん》がボタンをおしても反応《はんのう》しなかった。エレベーターの横《よこ》にはシャッターが下《お》りている。卓郎君《たくろうくん》の話《はなし》だと、その先《さき》には階段《かいだん》があるらしいのだが、シャッターでさえぎられて先《さき》に進《すす》むことはできない。ほかのフロアへの移動《いどう》は不可能《ふかのう》だった。

廊下《ろうか》を右《みぎ》に曲《ま》がり、左右《さゆう》にある部屋《へや》をひとつひとつ調《しら》べていく。カギのかかっている部屋《へや》はなく、ドアはたやすく開《あ》けることができた。

お父《とう》さんの入院《にゅういん》している部屋《へや》とまったく同《おな》じ間取《まど》りの病室《びょうしつ》が続《つづ》く。どの部屋《へや》も窓《まど》にシャッターが下《お》りていて、開《あ》けることはできなかった。

五番目《ごばんめ》に入《はい》った部屋《へや》がお父《とう》さんの病室《びょうしつ》だった。お父《とう》さんは先《さき》ほどと同《おな》じ姿勢《しせい》で、ぐっすりねむっている。目《め》を閉《と》じ、お父《とう》さんのにおいをかいでいると、気持《きも》ちが安《やす》らいだ。

このままお父《とう》さんにぴったりと寄《よ》りそっていたかったが、早《はや》くお父《とう》さんやお母《かあ》さんに会《あ》いたいのは卓郎君《たくろうくん》や美香《みか》ちゃんだって同《おな》じだ。みんな、ぼくのために病院《びょういん》へ集《あつ》まった結果《けっか》、このようなことになってしまったのだから、ぼくだけがわがままをいっている場合《ばあい》ではない。

またあとで来《く》るからね。

耳《みみ》もとにそうささやいて、お父《とう》さんの前《まえ》からはなれた。

「なんだよ、これ？」

廊下《ろうか》に出《で》ると、ぼくより先《さき》に病室《びょうしつ》を出《で》た卓郎君《たくろうくん》の声《こえ》が向《む》かい側《がわ》の部屋《へや》から聞《き》こえた。なにか見《み》つけたのだろうか？　はやる気持《きも》ちをおさえながら、ぼくもあとに続《つづ》いた。

そこもお父《とう》さんの部屋《へや》とほとんど変《か》わることのない病室《びょうしつ》だった。ただ、明《あき》らかに異質《いしつ》なものがひとつ——ベッドのそばの棚《たな》に大人《おとな》のこぶしくらいの大《おお》きさの、いびつな形《かたち》をしたボールのようなものが置《お》いてある。

「イヤだ……気持《きも》ち悪《わる》い」

美香《みか》ちゃんは口《くち》もとをおさえながら、一歩後《いっぽうし》ろに下《さ》がった。そう思《おも》うのも仕方《しかた》ない。ボールは赤黒《あかぐろ》く、表面《ひょうめん》には血管《けっかん》のようなものがうき出《だ》している。なかなかにグロテスクな外観《がいかん》だ。

「なんだろう？　タコが丸《まる》まってるみたいにも見《み》えるけど……」

「そんなもの、どうだっていいじゃない。卓郎《たくろう》、早《はや》く次《つぎ》の部屋《へや》へ行《い》こうよ」

美香《みか》ちゃんが卓郎君《たくろうくん》のうでを引《ひ》っ張《ぱ》る。だが、卓郎君《たくろうくん》は美香《みか》ちゃんの言葉《ことば》を無視《むし》して棚《たな》に近《ちか》づいた。右手《みぎて》をのばし、グロテスクなボールをつかむ。

「卓郎《たくろう》！」

「心配《しんぱい》するな。プラスチックでできた作《つく》り物《もの》だ」

卓郎君《たくろうくん》は両手《りょうて》でボールをこねくり回《まわ》し、

「ああ、わかった」

と口《くち》にした。

「これ、心臓《しんぞう》の模型《もけい》だ」

え？　心臓《しんぞう》？

ぼくはおどろいた。心臓《しんぞう》ってハートの形《かたち》をしているんじゃないの？

「もういいよ、卓郎《たくろう》。早《はや》く別《べつ》の部屋《へや》へ行《い》こうよ」

「ちょっと待《ま》て。ベッドの上《うえ》にもなにかある」

卓郎君《たくろうくん》の視線《しせん》を追《お》いかける。ベッドには一冊《いっさつ》のノートが置《お》いてあった。表紙《ひょうし》には〈業務日報《ぎょうむにっぽう》〉と記《しる》されている。ページの間《あいだ》に一枚《いちまい》だけ、赤《あか》い付箋紙《ふせんし》がはさみこまれていた。付箋紙《ふせんし》には〈Q１「心《こころ》」〉と書《か》きこんである。

卓郎君《たくろうくん》はベッドにこしかけ、ノートのページをめくった。卓郎君《たくろうくん》の肩《かた》によじのぼって、ぼくもノートをのぞきこむ。

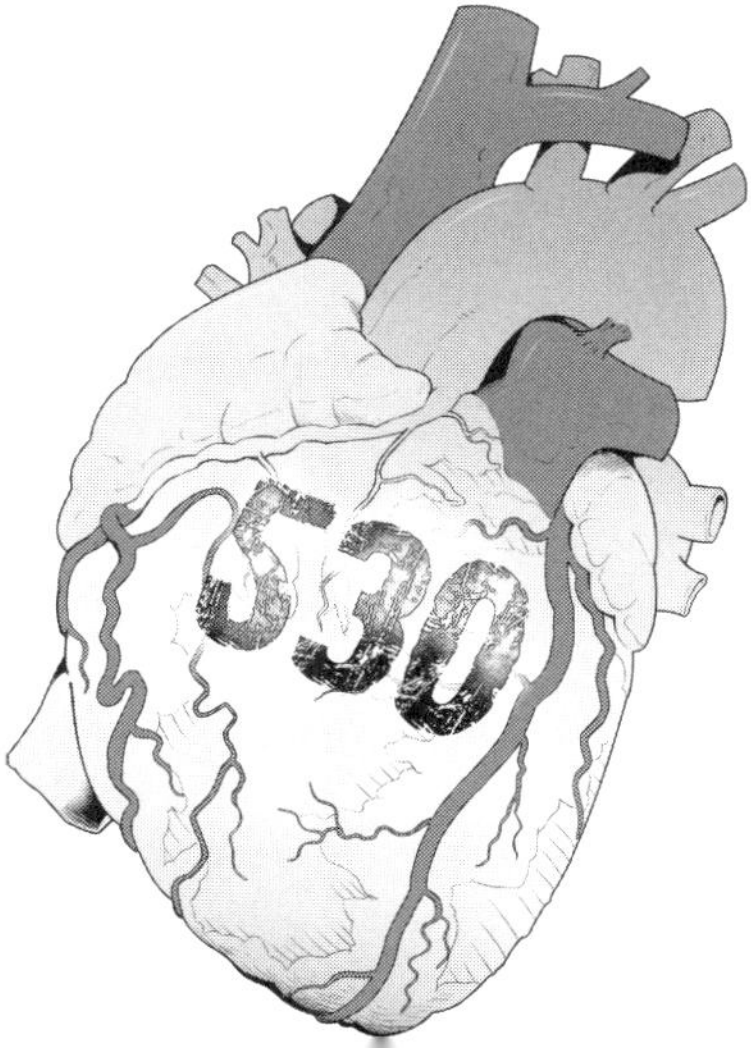

なにか気《き》づいたことがあったら、遠慮《えんりょ》なくここに書《か》きこんでください。よりよい碧奥病院《へきおびょういん》を作《つく》りあげていくために、みなさんで積極的《せっきょくてき》に意見《いけん》を交換《こうかん》していきましょう。
3月《がつ》21日《にち》　院長《いんちょう》

最初《さいしょ》のページには角《かく》ばった文字《もじ》でそう記《しる》されていた。


院長先生《いんちょうせんせい》、ありがとうございます。口《くち》ではうまく伝《つた》えられないことも多《おお》いので、このノートはありがたいです。

早速《さっそく》ですが、２０４号室《ごうしつ》の永岡《ながおか》さんからエアコンの効《き》きが悪《わる》い、なんとかしてほしいと苦情《くじょう》を受《う》けました。検討《けんとう》をお願《ねが》いいたします。

3月《がつ》22日《にち》　川谷《かわたに》

どうやらこれは碧奥病院《へきおびょういん》で働《はたら》いている人《ひと》たちが意見交換《いけんこうかん》に使《つか》っているノートらしい。トイレの電球《でんきゅう》が切《き》れかけているとか、ナースステーションに忘《わす》れ物《もの》が届《とど》けられたなど、たわいのないやりとりが続《つづ》く。

〈Q１「心《こころ》」〉と記《しる》された赤《あか》い付箋紙《ふせんし》のページを開《ひら》くと、そこにはこんなやりとりが記《しる》されていた。

院長室《いんちょうしつ》にかざってあった花瓶《かびん》を割《わ》ったのは誰《だれ》ですか？　ばれなければよいと思《おも》って、ずっとだまっているつもりですか？　それで心《こころ》が痛《いた》みませんか？

あの日《ひ》、私《わたし》の部屋《へや》に入《はい》ったのは長谷部《はせべ》さん、井上《いのうえ》さん、川谷《かわたに》さんの三人《さんにん》だけ。犯人《はんにん》はこの中《なか》にいるはずです。なにか知《し》っていることがあったら教《おし》えてください。身《み》に覚《おぼ》えのある者《もの》は正直《しょうじき》に名乗《なの》りを上《あ》げてくれるとうれしいです。

４月《がつ》11日《にち》　院長《いんちょう》

告《つ》げ口《ぐち》をするみたいで心苦《こころぐる》しいですが報告《ほうこく》します。花瓶《かびん》を割《わ》ったのは井上《いのうえ》さんです。

４月《がつ》11日《にち》　長谷部《はせべ》

長谷部《はせべ》さん、いいがかりはやめてください。花瓶《かびん》を割《わ》ったのは川谷《かわたに》さんです。

4月《がつ》11日《にち》　井上《いのうえ》
私《わたし》は花瓶《かびん》など割《わ》っていません。神《かみ》にちかってもいいです。誰《だれ》が犯人《はんにん》なのかはわかりませんけど。

4月《がつ》11日《にち》　川谷《かわたに》
ひとりだけうそをついていますね。その人《ひと》が犯人《はんにん》です。

4月《がつ》11日《にち》　院長《いんちょう》

「なんだ、これ？　クイズみたいだけど」

卓郎君《たくろうくん》が首《くび》をひねる。

花瓶《かびん》に関《かん》する書《か》きこみはここまでで終《お》わっていて、そのあとはまた別《べつ》の内容《ないよう》が記《しる》されている。

付箋紙《ふせんし》に記《しる》された〈Q1〉という文字《もじ》も気《き》になった。QESTION1《クエスチョン》——第一問《だいいちもん》ということだろうか？　もしかして、花瓶《かびん》を割《わ》った犯人《はんにん》をいい当《あ》てたら、病院《びょういん》の外《そと》に脱出《だっしゅつ》できるとか……。

「この程度《ていど》のクイズなら俺《おれ》でも答《こた》えられるな。花瓶《かびん》を割《わ》った犯人《はんにん》は井上《いのうえ》だ」

卓郎君《たくろうくん》はそう口《くち》にしたが、秘密《ひみつ》のとびらが目《め》の前《まえ》に現《あらわ》れる気配《けはい》はない。

「ねえ、今《いま》はそんなものどうだっていいじゃない。早《はや》くここから出《で》ようよ。気味《きみ》が悪《わる》くてしょうがないんだけど」

しびれを切《き》らしたように美香《みか》ちゃんがいった。

「あ……ああ、そうだな」

ノートをベッドの上《うえ》にもどし、卓郎君《たくろうくん》がうなずく。ふたりは後《あと》ずさりながらその部屋《へや》を出《で》た。ぼくもあとを追《お》いかける。

おおおおお……

廊下《ろうか》に出《で》ると、どこからか気味《きみ》の悪《わる》いうめき声《ごえ》が聞《き》こえた。卓郎君《たくろうくん》と美香《みか》ちゃんは気《き》づいていない。どうやら、ぼくの耳《みみ》にだけ届《とど》いているようだ。

おおおおお……

空耳《そらみみ》ではない。その声《こえ》は廊下《ろうか》のさらに奥《おく》から聞《き》こえた。

誰《だれ》かいるの？

ぼくは廊下《ろうか》を走《はし》った。

「タケル、どこへ行《い》くの？」

美香《みか》ちゃんがあとを追《お》ってくる。

おおおおお……

声《こえ》は次第《しだい》に大《おお》きくなっていった。

誰《だれ》？

ぼくがほえると、声《こえ》はぴたりとやんだ。しかし、しばらく待《ま》つと、また同《おな》じ声《こえ》が聞《き》こえてくる。こちらの方向《ほうこう》に誰《だれ》かがいることはまちがいない。

廊下《ろうか》の突《つ》き当《あ》たりまでやって来《く》る。まだ先《さき》がありそうなのだが、シャッターが下《お》りていて、それ以上《いじょう》は進《すす》むことができない。

おおおおお……

声《こえ》はシャッターの向《む》こう側《がわ》から聞《き》こえてきた。

……あれ？

ぼくは違和感《いわかん》を覚《おぼ》えた。玄関《げんかん》のとびらが閉《と》ざされたとき、シャッターの向《む》こう側《がわ》の音《おと》はなにも聞《き》こえてこなかった。ナースステーションの前《まえ》のシャッターも同様《どうよう》だ。たぶん、このシャッターは音《おと》を完全《かんぜん》に遮断《しゃだん》してしまうのだろう。

にもかかわらず、今《いま》はシャッターの向《む》こう側《がわ》の音《おと》が確実《かくじつ》に届《とど》いている。これはいったい、どういうことだろう？

ぼくは耳《みみ》をすまして、その音《おと》がどこから流《なが》れてくるのか探《さぐ》った。

おおおおお……

足《あし》もとのほうからうめき声《ごえ》は聞《き》こえてくる。

ぼくはからだをふせて、シャッターの最下部《さいかぶ》に目《め》をやった。ぱっと見《み》ただけではわからなかったが、シャッターと廊下《ろうか》の間《あいだ》がわずかに空《あ》いている。声《こえ》はそこからもれていた。

ぼくの視線《しせん》に気《き》がついたのか、卓郎君《たくろうくん》がぼくの横《よこ》にはいつくばる。

「すきまがある……このシャッター、開《あ》けられるんじゃねえか？」

ぼくはしっぽをゆらした。シャッターを開《あ》けることができれば、その先《さき》に出口《でぐち》があるかもしれない。

卓郎君《たくろうくん》はからだを起《お》こすと、その場《ば》にしゃがみこみ、わずかなすきまに両手《りょうて》をすべりこませた。

「ふんっ！」

声《こえ》をあげてシャッターをおし上《あ》げようとしたが、そう簡単《かんたん》には動《うご》かないようだ。

「意外《いがい》と重《おも》いな。美香《みか》も手伝《てつだ》ってくれ」

「うん。こう見《み》えて、力《ちから》はあるから。任《まか》せといて」

そういって、美香《みか》ちゃんはシャツのそでをめくりあげた。ぼくも協力《きょうりょく》しようと、すきまに鼻先《はなさき》をおしこむ。

「一《いち》、二《に》の三《さん》で持《も》ち上《あ》げるぞ。いいか？」

大《おお》きな力《ちから》を出《だ》せるよう、ぼくは息《いき》を胸《むね》いっぱいに吸《す》いこんだ。

……あ。

同時《どうじ》に、かすかな悪臭《あくしゅう》を感《かん》じ取《と》る。

シャッターの向《む》こう側《がわ》にはかいだ覚《おぼ》えのあるにおいがただよっていた。忘《わす》れたくても忘《わす》れられるはずがない。

それはあの怪物《かいぶつ》のにおいだった。

11 地下室《ちかしつ》の怪物《かいぶつ》

卓郎君《たくろうくん》の頭《あたま》の高《たか》さまでシャッターは持《も》ち上《あ》がった。

「こんなものが落《お》ちてる」

その場《ば》にしゃがみこみ、美香《みか》ちゃんがボールペンを拾《ひろ》い上《あ》げる。

「たぶん、このボールペンがシャッターの真下《ました》に転《ころ》がってて……だから、ぴったりと閉《し》まらなかったんじゃないのかな？」

「ああ。そういうことだろうな。そのボールペンを落《お》としてくれた人《ひと》に感謝《かんしゃ》しなくちゃいけねえな」

シャッターをくぐり、卓郎君《たくろうくん》は目《め》の前《まえ》の光景《こうけい》をにらみつけた。

「この先《さき》を調《しら》べてみようか」

廊下《ろうか》の先《さき》は地下《ちか》へと続《つづ》く階段《かいだん》になっていた。階段《かいだん》を下《くだ》りきった右側《みぎがわ》に、金属製《きんぞくせい》のドアがあるようだ。

シャッターを開《あ》けたとたん、不快《ふかい》きわまりない悪臭《あくしゅう》が一気《いっき》に広《ひろ》がった。といっても、そのにおいをかぎとることができたのはぼくだけのようで、卓郎君《たくろうくん》と美香《みか》ちゃんは顔色《かおいろ》ひとつ変《か》えていない。

その悪臭《あくしゅう》が階段下《かいだんした》にあるドアの向《む》こう側《がわ》からただよってきているのは明《あき》らかだった。怪物《かいぶつ》はぼくたちのすぐ近《ちか》くで息《いき》をひそめている。ドアのかげでぼくたちを待《ま》ちかまえているにちがいなかった。

まずい。これ以上《いじょう》、先《さき》へ進《すす》むのは危険《きけん》だ。

怪物《かいぶつ》の存在《そんざい》に気《き》づかず、平然《へいぜん》と階段《かいだん》を下《お》りていく卓郎君《たくろうくん》にぼくは激《はげ》しくほえた。

「どうした？　タケル」

足《あし》を止《と》め、卓郎君《たくろうくん》がこちらをふり返《かえ》る。

ダメ！　そっちへ行《い》ったら危《あぶ》ないよ！

「なんだよ、そんなこわい顔《かお》して」

卓郎君《たくろうくん》にはぼくの必死《ひっし》な様子《ようす》がまるで伝《つた》わっていない。

「待《ま》ってろ。すぐに出口《でぐち》を見《み》つけてやるからな」

そう口《くち》にしながら階段《かいだん》を下《くだ》りきり、ドアノブに手《て》をのばした。

開《あ》けちゃいけない！　その向《む》こうにはあいつが！

ダメだ。言葉《ことば》じゃ伝《つた》わらない。

ぼくは階段《かいだん》を飛《と》び下《お》り、卓郎君《たくろうくん》のはいていたズボンのすそを引《ひ》っ張《ぱ》った。

「こら、やめろって」

いや、やめない。

「おい、タケル。いい加減《かげん》にしないと怒《おこ》るぞ！」

卓郎君《たくろうくん》は語気《ごき》を強《つよ》め、足《あし》もとにいるぼくを抱《かか》え上《あ》げようとした。

「ねえ。もしかしたら、その先《さき》に行《い》くなっていってるんじゃないの？」

階段《かいだん》の上《うえ》から美香《みか》ちゃんが声《こえ》をかけてくる。

「タケルはあたしたちよりもにおいや気配《けはい》に敏感《びんかん》だから」

そう。美香《みか》ちゃんのいうとおりだ。ここは危《あぶ》ない。いったんナースステーションまでもどろう。

ぼくは歯《は》をくいしばり、卓郎君《たくろうくん》のズボンのすそをぐいぐいと引《ひ》っ張《ぱ》った。

「わかった、わかった。あんまり引《ひ》っ張《ぱ》ると、ズボンが破《やぶ》けちまう。これ、高《たか》いんだぞ。おまえのいうとおりにするから、もう引《ひ》っ張《ぱ》るなって」

卓郎君《たくろうくん》が地下室《ちかしつ》のドアに背《せ》を向《む》け、階段《かいだん》を一歩《いっぽ》のぼったそのときだった。

大《おお》きな音《おと》を立《た》て、ドアがこちら側《がわ》に開《ひら》いた。太《ふと》いうでが大蛇《だいじゃ》のように卓郎君《たくろうくん》の首《くび》へとのびる。

「ぐあっ！」

卓郎君《たくろうくん》が苦《くる》しそうな声《こえ》をあげた。

……え？

ぼくは啞然《あぜん》とするしかなかった。恐怖《きょうふ》で全身《ぜんしん》がふるえ始《はじ》める。

そこに怪物《かいぶつ》がひそんでいることはにおいでわかっていた。だけど、想像《そうぞう》していた怪物《かいぶつ》とはずいぶんとちがう。ジェイルハウスと旧碧奥小学校《きゅうへきおしょうがっこう》——ぼくたちはこれまでに二体《にたい》の怪物《かいぶつ》と出会《であ》ったが、今《いま》までに見《み》た怪物《かいぶつ》とは明《あき》らかにサイズが異《こと》なっていた。

卓郎君《たくろうくん》の首《くび》にのびたそのうでは、これまでに出会《であ》った怪物《かいぶつ》のうでにくらべて三倍以上《さんばいいじょう》の太《ふと》さがあった。

「うう……」

首《くび》をしめられ、卓郎君《たくろうくん》の表情《ひょうじょう》が苦痛《くつう》にゆがむ。

しっかりしろ、タケル。

ぼくは自分《じぶん》にいい聞《き》かせた。

なにを弱気《よわき》になってるんだ。

怪物《かいぶつ》はドアからうでをのばしただけで、こちらに出《で》てこようとはしない。たぶん、身体《からだ》が大《おお》きすぎてドアを通《とお》り抜《ぬ》けることができないのだろう。

だったら大丈夫《だいじょうぶ》だ。うでだけの怪物《かいぶつ》なんて、ちっともこわくない。

勢《いきお》いよく飛《と》び上《あ》がり、近所《きんじょ》の公園《こうえん》に生《は》えている古《ふる》いブナの木《き》よりも太《ふと》い怪物《かいぶつ》のうでにかみついた。

体毛《たいもう》がまったく生《は》えていないブルーベリー色《いろ》の肌《はだ》は、何度見《なんどみ》ても気味《きみ》が悪《わる》い。ひふはしめっていて、ねばねばした液体《えきたい》がときどきしたたり落《お》ちる。

絶対《ぜったい》に慣《な》れることはなかった。

ぶおおおおおおっ！

耳《みみ》をつんざくような怪物《かいぶつ》のおたけびとともに、ドアの奥《おく》から突風《とっぷう》が吹《ふ》き出《だ》す。怪物《かいぶつ》の鼻息《はないき》だろうか？　ぼくは風《かぜ》に飛《と》ばされないよう、うでの深《ふか》いところにまでしっかりと牙《きば》を突《つ》き立《た》てた。

ぶおおおおおおおおおおっ！

卓郎君《たくろうくん》の首《くび》にからんでいた指《ゆび》がほどける。すぐさま、ぼくも怪物《かいぶつ》のうでからはなれた。

ぼくがかみついたところから、青《あお》い液体《えきたい》がこぼれる。地下室《ちかしつ》に向《む》かう階段《かいだん》の下半分《したはんぶん》を瞬時《しゅんじ》に青《あお》く染《そ》めていった。

「早《はや》く逃《に》げて！」

階段《かいだん》の上《うえ》から美香《みか》ちゃんがさけぶ。卓郎君《たくろうくん》はせきこみながら、階段《かいだん》をかけ上《あ》がった。

ドアから突《つ》き出《だ》した巨大《きょだい》なうでが天井《てんじょう》や壁《かべ》を乱暴《らんぼう》にたたく。たぶん、ぼくたちをたたきつぶそうとしているのだろう。だが、そのうでは見当《けんとう》はずれの場《ば》所《しょ》ばかり攻撃《こうげき》している。どうやら、ドアの向《む》こう側《がわ》にいる怪物《かいぶつ》には、ぼくたちの姿《すがた》がちゃんと見《み》えていないらしい。

階段《かいだん》の上《うえ》までやって来《く》ると、もう怪物《かいぶつ》のうでは届《とど》かなかった。卓郎君《たくろうくん》はシャッターに飛《と》びつき、自分《じぶん》の体重《たいじゅう》でそれを下《お》ろした。

下《した》まで閉《と》じ切《き》ると、ガチャン！　とロックがかかる音《おと》がした。これで地下室《ちかしつ》への道《みち》を完全《かんぜん》に遮《しゃ》断《だん》する。今度《こんど》はすきまもない。もうこのシャッターをおし上《あ》げることは不可能《ふかのう》だった。怪物《かいぶつ》は身《み》動《うご》きがとれなくなるはずだ。

耳《みみ》をすましたが、怪物《かいぶつ》のおたけびはもう聞《き》こえてこない。

「助《たす》かった……」

美香《みか》ちゃんがそうつぶやく。

ぼくたちはため息《いき》をつきながら、ほぼ同時《どうじ》にその場《ば》に座《すわ》りこんだ。

「ねえ……どういうこと？」

うなだれたまま、美香《みか》ちゃんは力《ちから》ない声《こえ》を発《はっ》した。

「なんであの巨人《きょじん》がまたいるわけ？　まるで、あたしたちのあとを追《お》いかけまわしてるみたいじやない」

「ああ……そうだな」

「どうして？　あいつ、キャンプ場《じょう》のそばの廃校《はいこう》にいたウサギの化《ば》け物《もの》でしょ？　あたしたちにやられたことがくやしくて、復讐《ふくしゅう》のためにここまで追《お》いかけてきたってこと？」

「いや、廃校《はいこう》で出会《であ》った化《ば》け物《もの》は、あんなにでかくなかったぞ」

「あのときとは別《べつ》の巨人《きょじん》ってこと？　なに？　このあたりにはあんなへんてこな生《い》き物《もの》が二体《にたい》も三体《さんたい》もいるっていうの？」

「……そういうことになるよな」

「だとしても、どうしてあたしたちばかり巻《ま》きこまれなくちゃいけないの？　たった二週間《にしゅうかん》のうちに、三回《さんかい》も遭遇《そうぐう》するなんて、そんな偶然《ぐうぜん》ある？　まるで、誰《だれ》かがそう仕組《しく》んでいるみたいじゃない！」


バンッ！

巨大《きょだい》なシンバルをたたいたかのような爆音《ばくおん》が耳《みみ》もとでひびいた。シャッターがびりびりとふるえる。向《む》こう側《がわ》からなにかがシャッターをたたいている。

「……え？」

おかしい。つい先《さき》ほど目《め》にした怪物《かいぶつ》は、肩《かた》がドアにつかえてうでの部分《ぶぶん》しか見《み》えなかった。そのうでもシャッターまでは届《とど》かなかったはずだ。

バンッ！　バンッ！

再《ふたた》びシャッターがゆれる。少《すこ》しずつではあるけれど、攻撃《こうげき》を受《う》けるたびにシャッターの形《かたち》が変《か》わっていくのがわかった。

全身《ぜんしん》から血《ち》の気《け》が引《ひ》いた。

怪物《かいぶつ》は周辺《しゅうへん》の壁《かべ》ごとドアを破壊《はかい》して、地下室《ちかしつ》から出《で》てきたにちがいない。

バンッ！　バンッ！

バンッ！

怪物《かいぶつ》の手《て》の形《かたち》のまま、シャッターがこちら側《がわ》にふくれあがる。このままだとシャッターを破《やぶ》られるのも時間《じかん》の問題《もんだい》だ。怪物《かいぶつ》が廊下《ろうか》へ出《で》てこないように、バリケードを作《つく》る必要《ひつよう》があった。

「ベッドだ！」

卓郎君《たくろうくん》がさけんだ。

「ベッドを積《つ》み上《あ》げれば、なんとかなるかもしれねえ。美香《みか》、手伝《てつだ》ってくれ。病室《びょうしつ》からベッドを運《はこ》ぶんだ！」

「う、うん、わかった」

ふたりはシャッターの前《まえ》をはなれると、一番近《いちばんちか》い病室《びょうしつ》へ飛《と》びこんだ。

そうしている間《あいだ》にもシャッターは強《つよ》い力《ちから》でたたかれ、どんどん形《かたち》を変《か》えていく。

卓郎君《たくろうくん》と美香《みか》ちゃんだけじゃ間《ま》に合《あ》わない。助《たす》けを呼《よ》ばなくっちゃ。

ぼくはシャッターに背《せ》を向《む》け、全速力《ぜんそくりょく》で廊下《ろうか》を走《はし》った。

12 かくれんぼ

ナースステーションの前《まえ》を走《はし》り抜《ぬ》け、廊下《ろうか》を左《ひだり》に曲《ま》がった。

シャッターを破《やぶ》って怪物《かいぶつ》がこのフロアに侵入《しんにゅう》してきたら大変《たいへん》なことになる。

怪物《かいぶつ》の移動《いどう》するスピードはそれほど速《はや》くないはずなので、ぼくたちは体力《たいりょく》の続《つづ》く限《かぎ》り逃《に》げ回《まわ》ればそれでいい。

だけど、ぐっすりねむりこんでいるお父《とう》さんや院長先生《いんちょうせんせい》、看護師《かんごし》さんたちは別《べつ》だ。動《うご》けないから、たちまち怪物《かいぶつ》の餌食《えじき》となってしまうだろう。

小学生四人《しょうがくせいよにん》と犬一匹《いぬいっぴき》では、大人《おとな》たちを抱《かか》えて走《はし》るのだって限界《げんかい》がある。だから、なんとしても怪物《かいぶつ》の侵入《しんにゅう》は阻止《そし》しなくてはならなかった。

リンドウに似《に》たにおいを近《ちか》くに感《かん》じて立《た》ち止《ど》まる。ひろし君《くん》のにおいだ。それは〈診察室《しんさつしつ》〉のプレートが取《と》りつけられた部屋《へや》からただよっていた。

ひろし君《くん》、大変《たいへん》だ！

ぼくは鼻先《はなさき》でドアをこじ開《あ》け、室内《しつない》へ飛《と》びこんだ。

ひろし君《くん》は壁《かべ》のそばにしゃがみこみ、真剣《しんけん》な表情《ひょうじょう》をうかべていた。右手《みぎて》に聴診器《ちょうしんき》をにぎっている。先端《せんたん》を壁《かべ》に当《あ》て、なにやら探《さぐ》っているらしい。

たけし君《くん》は診察台《しんさつだい》の横《よこ》に置《お》かれた白《しろ》い帯状《おびじょう》の布《ぬの》を右《みぎ》うでに巻《ま》き、机《つくえ》の上《うえ》の機械《きかい》をいじっていた。

「なあ、これってどうやって動《うご》かすんだ？」

たけし君《くん》のほうはなにかを調《しら》べているわけではなく、ただ遊《あそ》びに夢中《むちゅう》になっているだけのように見《み》える。

たけし君《くん》がさわっているのは血圧計《けつあつけい》だ。お父《とう》さんがいつも使《つか》っているから名前《なまえ》だけは知《し》っていたが、それが具体的《ぐたいてき》にどういうものなのかよくわからない。ただ、機械《きかい》に表示《ひょうじ》されるデジタルの数字《すうじ》が小《ちい》さければ小《ちい》さいほど、お父《とう》さんはうれしそうな顔《かお》を見《み》せた。

「なあ、ひろし。これの使《つか》い方《かた》ってわかるか？　昔《むかし》、おじいちゃんがよくこうやってうでに巻《ま》いていたことは知《し》ってるんだけど」

遊《あそ》んでる場合《ばあい》じゃないよ。大変《たいへん》なんだ！

ぼくは診察台《しんさつだい》の上《うえ》に飛《と》び乗《の》り、血圧計《けつあつけい》に前《まえ》あしを乗《の》せた。

「ぶひゃっ！」

たけし君《くん》が奇妙《きみょう》な声《こえ》をあげる。

「な、なんだよ、タケル。急《きゅう》に現《あらわ》れたらびっくりするじゃないか。うわ、うわわわわ。なんだ、なんだ？　うでがしめつけられていくぞ。なんだ、なんだよ、これ？」

どうやら、ぼくが血圧計《けつあつけい》のスイッチをおしてしまったらしい。右《みぎ》うでに巻《ま》かれた帯《おび》に空気《くうき》が送《おく》られ、たけし君《くん》のうでをぐいぐいとしめつけていく。

「痛《いた》い、痛《いた》い痛《いた》い痛《いた》いっ！　おい、止《と》めてくれよ！　うでがちぎれちゃう！　オレ、こいつに食《た》べられちゃうよおっ！　ひろし、助《たす》けてえっ！」

「大《おお》げさですね。そこまで強《つよ》くしめつけられてはいないと思《おも》いますが」

ピーッと電子音《でんしおん》が鳴《な》り、血圧計本体《けつあつけいほんたい》に数字《すうじ》が表示《ひょうじ》された。

「拡張期《かくちょうき》の血圧《けつあつ》が92、収縮期《しゅうしゅくき》の血圧《けつあつ》が１４５……」

ひろし君《くん》が数字《すうじ》を読《よ》み上《あ》げる。

「少《すこ》し高《たか》すぎやしませんか？　まあ、測定中《そくていちゅう》にあれだけ大《おお》さわぎをしたのですから、当然《とうぜん》の結果《けっか》ともいえますが」

「なに……どういうこと？」

「数値《すうち》だけ見《み》たら、明《あき》らかな高血圧《こうけつあつ》です」

「え？　高血圧《こうけつあつ》？　うちのじいちゃん、高血圧《こうけつあつ》が原因《げんいん》で死《し》んじゃったんだぞ。なに？　オレも死《し》んじゃうの？」

「いえ。単《たん》なる測定《そくてい》ミスだと思《おも》われますので――」

「イヤだ！　オレ、まだ死《し》にたくないよ！　どうすればいい？　じいちゃんは塩《しお》からいものをひかえるようにっていつも医者《いしゃ》からいわれてた。オレもそうすればいいのか？　ポテトチップスを我慢《がまん》すれば大丈夫《だいじょうぶ》か？」

たけし君《くん》は全然《ぜんぜん》、ひろし君《くん》の話《はなし》を聞《き》いていない。一人《ひとり》でべらべらとしゃべり続《つづ》ける。

「きゃあああっ！」

遠《とお》くから聞《き》き覚《おぼ》えのある声《こえ》が聞《き》こえた。

「……え？」

それでようやくたけし君《くん》のおしゃべりが止《と》まる。

「今《いま》の悲鳴《ひめい》……美香《みか》ちゃん？」

「なにかあったみたいですね。行《い》ってみましょう」

二人《ふたり》は見《み》えない力《ちから》にはじき飛《と》ばされるみたいに、勢《いきお》いよく診察室《しんさつしつ》を飛《と》び出《だ》した。あまりにもあわてていたからなのか、ひろし君《くん》は首《くび》に聴診器《ちょうしんき》をぶら下《さ》げたままだ。たけし君《くん》にいたってはうでに巻《ま》きつけた腕帯《わんたい》をはずさずに、血圧計《けつあつけい》をひきずって廊下《ろうか》を走《はし》っていく。

廊下《ろうか》の突《つ》き当《あ》たりまで進《すす》む。

シャッターの前《まえ》には病室《びょうしつ》のベッドが数台《すうだい》、横《よこ》だおしになっていた。バリケードを作《つく》ろうと、卓《たく》郎君《ろうくん》と美香《みか》ちゃんが懸命《けんめい》に積《つ》み上《あ》げたベッドだろう。どうやら、しつこい怪物《かいぶつ》の攻撃《こうげき》でくずれ落《お》ちてしまったようだ。

「なにが起《お》こっているのですか？」

目《め》の前《まえ》の惨状《さんじょう》を見《み》て、ひろし君《くん》がたずねる。ベッドのわきには美香《みか》ちゃんがしゃがみこんでいた。

「大丈夫《だいじょうぶ》か、美香《みか》？」

卓郎君《たくろうくん》は心配《しんぱい》そうな顔《かお》つきで美香《みか》ちゃんに寄《よ》りそっている。

「痛《いた》い……」

左《ひだり》ひざをおさえながら、美香《みか》ちゃんは今《いま》にも消《き》え入《い》りそうな声《こえ》をもらした。

「美香《みか》さん、なにがあったのですか？」

「心配《しんぱい》しないで。たおれてきたベッドがひざに当《あ》たっただけだか——」


ガシャンッ！

シャッターがゆれる。それに合《あ》わせて、空気《くうき》もびりびりとふるえた。

シャッターはいたるところに亀裂《きれつ》が入《はい》り、いつ破壊《はかい》されてもおかしくない状態《じょうたい》だ。

「な……なんだよ、これ……向《む》こう側《がわ》になにがいるんだよ？」

ひろし君《くん》の背中《せなか》にしがみつきながら、たけし君《くん》が声《こえ》をふるわせた。

「ジェイルハウスの化《ば》け物《もの》だ」

卓郎君《たくろうくん》が答《こた》える。

「……え」

見《み》る見《み》るうちに、たけし君《くん》の顔《かお》は青《あお》ざめていった。

「な、なんで？　……どうしていつもオレたちの前《まえ》に現《あらわ》れるんだよ？」

ガシャンッ！

轟音《ごうおん》とともにシャッターが波打《なみう》つ。

「あ――」

美香《みか》ちゃんが短《みじか》い悲鳴《ひめい》をあげた。

シャッターの真《ま》ん中《なか》に、直径十《ちょっけいじっ》センチほどのいびつな穴《あな》が空《あ》く。ついにシャッターを破《やぶ》られてしまった。このままだと、怪物《かいぶつ》がこちらにやって来《く》るのも時間《じかん》の問題《もんだい》だ。

「おい、ひろし！」

卓郎君《たくろうくん》がさけんだ。

「なんとかならねえのか？」

「……リカオンをご存《ぞん》じですか？」

めがねのフレームを右手《みぎて》の中指《なかゆび》でおし上《あ》げながら、ひろし君《くん》はいった。

相変《あいか》わらず、首《くび》から聴診器《ちょうしんき》をぶら下《さ》げたまま。その姿《すがた》はまるで医者《いしゃ》みたいだ。

「リカ……なんだって？」

卓郎君《たくろうくん》が眉《まゆ》をひそめる。

「リカオン――アフリカ大陸《たいりく》に生息《せいそく》する、タケル君《くん》と同《おな》じイヌ科《か》の動物《どうぶつ》です」

ぼくのほうをちらりと見《み》てから、ひろし君《くん》はさらに続《つづ》けた。

「リカオンは一度《いちど》ねらった獲物《えもの》をどこまでも執拗《しつよう》に追《お》いかけ、約八割《やくはちわり》の確率《かくりつ》で仕留《しと》めます」

「……………」

ぼくたちは全員《ぜんいん》、息《いき》をのんでひろし君《くん》の次《つぎ》の言葉《ことば》を待《ま》った。

「…………」

だけど、ひろし君《くん》はそれ以上《いじょう》、なにもしゃべろうとしない。

「それで？」

しびれをきらしたのか、卓郎君《たくろうくん》が沈黙《ちんもく》を破《やぶ》る。

「それだけです」

ひろし君《くん》はしれっとした顔《かお》で答《こた》えた。

「なんだよ、それ？　化《ば》け物《もの》をやっつける方法《ほうほう》を教《おし》えてくれるんじゃなかったのか？」

「なぜ？　ぼくはみなさんと同《おな》じただの小学五年生《しょうがくごねんせい》です。自衛隊員《じえいたいいん》でも警察官《けいさつかん》でもありません」

「だったら、なんでアフリカの犬《いぬ》の話《はなし》なんてしたんだよ？」

「たけし君《くん》が、どうしてぼくたちばかりを追《お》いかけ回《まわ》すのか？　と疑問《ぎもん》を投《な》げかけてきたので、参考《さんこう》になればと思《おも》い、似《に》たような習性《しゅうせい》を持《も》つ動物《どうぶつ》の例《れい》をあげてみたのですが」

「今《いま》はそんなこと、どうだっていいだろ？　おまえってヤツはどこまでマイペースなんだよ。早《はや》くあの化《ば》け物《もの》をどうにかしないと——」

「う、うわあああっ！」

たけし君《くん》が尻《しり》もちをついた。

「あ、あれ……あれ……」

ふるえる指《ゆび》でシャッターを指差《ゆびさ》す。たけし君《くん》の示《しめ》した方向《ほうこう》に目《め》をやり、ぼくは息《いき》をのんだ。

シャッターに空《あ》いた穴《あな》から、大《おお》きな目玉《めだま》がこちらをのぞきこんでいる。視線《しせん》はこちらを向《む》いていた。目玉《めだま》だけしか見《み》えないのに、怪物《かいぶつ》が笑《わら》っているのがわかる。かくれんぼの鬼《おに》がようやくみんなを探《さが》し出《だ》したときのうれしそうな表情《ひょうじょう》にそっくりだ。

見《み》ーつけた。

今《いま》にもそんな声《こえ》が聞《き》こえてきそうだった。

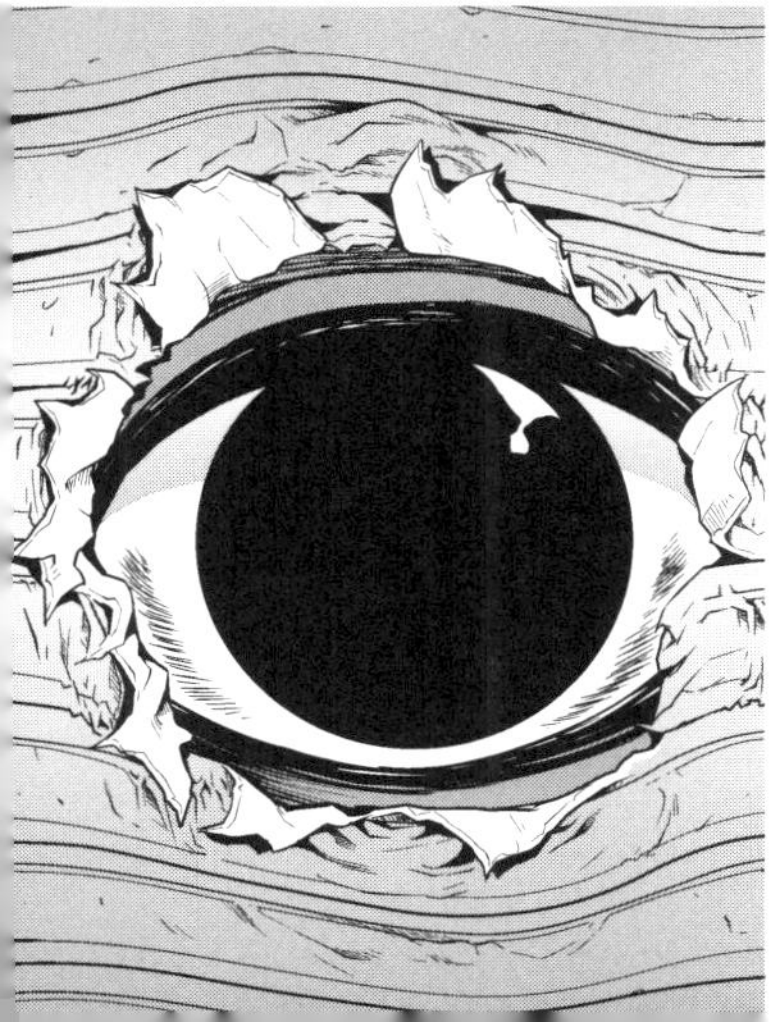

13 絶体絶命《ぜったいぜつめい》

体重《たいじゅう》を前《まえ》あしにかけて、ぼくは攻撃態勢《こうげきたいせい》を整《ととの》えた。牙《きば》を見《み》せ、大声《おおごえ》でほえたてる。穴《あな》の向《む》こうに見《み》えていた怪物《かいぶつ》のうす気味悪《きみわる》い目玉《めだま》が突然《とつぜん》、消《き》え失《う》せた。ぼくに恐《おそ》れをなして逃《に》げ出《だ》したのだろうか？　そうであってほしいと心《こころ》の底《そこ》から願《ねが》った。

みんなも同《おな》じ思《おも》いだったのだろう。怪物《かいぶつ》が姿《すがた》を消《け》し、ほっとしたような空気《くうき》が流《なが》れる。

……だけど、それは束《つか》の間《ま》の出来事《できごと》だった。

ガシャンッ！

激《はげ》しい金属音《きんぞくおん》とともに、青《あお》い棒状《ぼうじょう》の物体《ぶったい》が二本《にほん》、空《あ》いた穴《あな》から勢《いきお》いよく突《つ》き出《だ》された。

最初《さいしょ》はヘビに似《に》た動物《どうぶつ》かと思《おも》ったが、よく見《み》ると先《せん》たんにツメらしきものが生《は》えている。それは怪物《かいぶつ》の指《ゆび》だった。

指《ゆび》といっても、ぼくのうでくらいの太《ふと》さがある。これまでに出会《であ》った怪物《かいぶつ》とは、明《あき》らかにサイズが異《こと》なっていた。今《いま》まで出会《であ》った怪物《かいぶつ》も二《に》メートルをこえる背丈《せたけ》だったが、シャッターの向《む》こう側《がわ》にいる怪物《かいぶつ》がそれよりもずっと大《おお》きいことは確実《かくじつ》だ。

いったい、どれほどの身長《しんちょう》があるのだろう？

想像《そうぞう》したらふるえが止《と》まらなくなりそうだったので、それ以上《いじょう》は考《かんが》えないことにした。

二本《にほん》の指《ゆび》が左右《さゆう》に開《ひら》く。シャッターに亀裂《きれつ》が入《はい》った。どうやら穴《あな》を拡《ひろ》げようとしているらしい。

怪物《かいぶつ》の侵入《しんにゅう》はなんとしても阻止《そし》しなくちゃならない。ぼくはひろし君《くん》の肩《かた》によじのぼると、そこから怪物《かいぶつ》の指《ゆび》に飛《と》び移《うつ》った。

ふり落《お》とされないように、四本《よんほん》のあしでしっかりとしがみつく。大《おお》きく息《いき》を吸《す》いこんで、指《ゆび》の腹《はら》に思《おも》いきりかみついてやった。

青《あお》い血《ち》がふき出《だ》し、シャッターに降《ふ》りかかる。しかし、怪物《かいぶつ》はまるで動《どう》じない。もう一度《いちど》、別《べつ》の場所《ばしょ》にもかみついたが、結果《けっか》は同《おな》じだった。まったくダメージを受《う》けた様子《ようす》はない。からだが大《おお》きすぎるため、蚊《か》にさされたくらいにしか思《おも》っていないのかもしれなかった。

そうしている間《あいだ》も、怪物《かいぶつ》は穴《あな》を拡《ひろ》げ続《つづ》け、亀裂《きれつ》はます

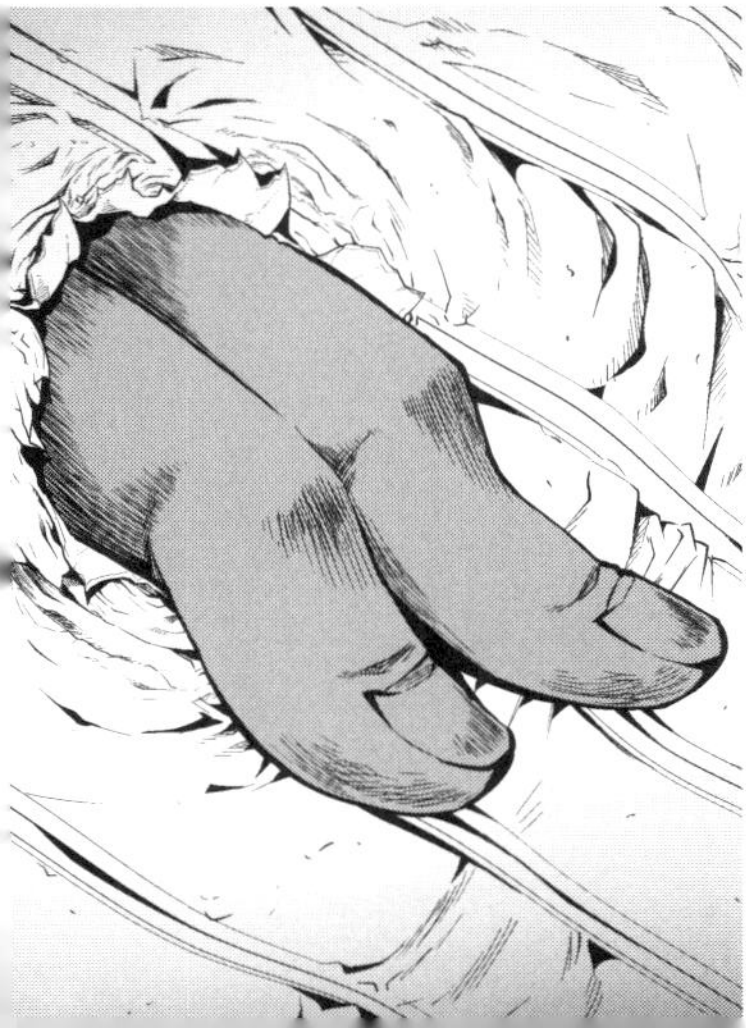

ます大《おお》きくなっていった。

「タケル、そこをどけ！　オレがなんとかするから」

背後《はいご》で声《こえ》がひびいた。

……え？

ぼくは耳《みみ》を疑《うたが》った。いかにも卓郎君《たくろうくん》がいいそうなその言葉《ことば》を口《くち》にしたのは、この中《なか》で一番《いちばん》それをいいそうにないたけし君《くん》だった。

「ひろし、肩車《かたぐるま》してもらっていいか？」

「え……かまいませんけど、なにをするつもりです？」

「だまって見《み》てろって。オレ、いいことを思《おも》いついちゃったんだ」

「……いいこと？」

「これ、預《あず》かっててくれ」

そういって、診察室《しんさつしつ》から持《も》ち出《だ》した血圧計《けつあつけい》をひろし君《くん》に手渡《てわた》す。血圧計《けつあつけい》とつながっている腕帯《わんたい》は今《いま》もたけし君《くん》の右《みぎ》うでに巻《ま》かれたままだ。

「もう少《すこ》しかがんでくれないと、オレ、おまえの肩《かた》に乗《の》れないんだけど」

「わかりました」

その場《ば》にしゃがみこんだひろし君《くん》の肩《かた》に、たけし君《くん》がまたがる。

なにをするつもりなのか？　と全員《ぜんいん》がたけし君《くん》の動向《どうこう》を見守《みまも》った。

ひろし君《くん》がゆっくりと立《た》ち上《あ》がる。たけし君《くん》のからだは、ぼくがしがみついている怪物《かいぶつ》の指《ゆび》の近《ちか》くまで持《も》ち上《あ》がった。

「タケル。あとはオレに任《まか》せろ」

うん……わかった。

たけし君《くん》に場所《ばしょ》をゆずり、卓郎君《たくろうくん》の胸《むね》の中《なか》に飛《と》び下《お》りる。

たけし君《くん》は右《みぎ》うでに取《と》りつけたままだった腕帯《わんたい》をはずすと、それを今度《こんど》は怪物《かいぶつ》の指《ゆび》の根《ね》もと部分《ぶぶん》にぐるぐると巻《ま》きつけ始《はじ》めた。

「たけし、まさかおまえ……」

卓郎君《たくろうくん》がつぶやく。

「よし、準備完了《じゅんびかんりょう》だ。ひろし、血圧計《けつあつけい》の測定開始《そくていかいし》ボタンをおしてくれ」

「わかりました」

ひろし君《くん》がボタンをおすと、怪物《かいぶつ》の二本《にほん》の指《ゆび》に巻《ま》かれた腕帯《わんたい》に空気《くうき》が注入《ちゅうにゅう》されていった。

「どうだ？　こうすれば怪物《かいぶつ》の指《ゆび》は外側《そとがわ》から強《つよ》くしめつけられて動《うご》かせなくなるはず――」

たけし君《くん》がすべていい終《お》わらないうちに、腕帯《わんたい》は怪物《かいぶつ》の指《ゆび》からはずれた。当《あ》たり前《まえ》だ。その程《てい》度《ど》の力《ちから》で怪物《かいぶつ》の動《うご》きを止《と》められるわけがない。

「あ……あら？」

ひろし君《くん》の足《あし》もとに落《お》ちた腕帯《わんたい》をながめながら、たけし君《くん》は自分《じぶん》の失態《しったい》をごまかすように頭《あたま》をぽりぽりとかいた。

「ひろし、あとは任《まか》せた！」

そういってひろし君《くん》の肩《かた》から飛《と》び下《お》りる。

「ちょっと！　この巨人《きょじん》、ますます元気《げんき》になってるんじゃないの？」

美香《みか》ちゃんがさけんだ。ぼくにかみつかれたり、指《ゆび》をしめつけられたりしたことに腹《はら》を立《た》てたのか、美香《みか》ちゃんのいうとおり、先《さき》ほどまでより指先《ゆびさき》に力《ちから》が入《はい》っているような気《き》がする。

ぶおおおおおっ！


怪物《かいぶつ》のおたけびがあたりにひびいた。

穴《あな》の周《まわ》りに細《こま》かい亀裂《きれつ》が何本《なんぼん》も入《はい》る。

「ここで食《く》い止《と》めるのはもう無理《むり》だ！　逃《に》げよう！」

卓郎君《たくろうくん》が声《こえ》を張《は》りあげる。

「だけど、病室《びょうしつ》にはタケルパパが……ナースステーションにはお医者《いしゃ》さんや看護師《かんごし》さんたちだっているんだよ。もし巨人《きょじん》がこちら側《がわ》に入《はい》ってきたら、ねむらされているみんながおそわれることに……」

美香《みか》ちゃんが反論《はんろん》した。

「戦《たたか》っても勝《か》ち目《め》はねえ。逃《に》げることもできねえ。じゃあいったい、どうすればいいんだよ？」


ガシャンッ！

シャッターがひときわ大《おお》きくゆれた。なかなか穴《あな》が拡《ひろ》がらないことにいらだちを覚《おぼ》え、怪物《かいぶつ》が再《ふたた》び体当《たいあ》たりをくらわしたのだろう。

金属《きんぞく》の細《こま》かい破片《はへん》が頭上《ずじょう》から落《お》ちてくる。シャッターには新《あら》たな穴《あな》が三《みっ》つ空《あ》いていた。そのひとつから、ふたたび怪物《かいぶつ》がこちらをのぞきこむ。その目《め》は青《あお》く血走《ちばし》っていた。まるで悪魔《あくま》のひとみだ。にらみつけられたとたん、ぼくのからだは恐怖《きょうふ》で動《うご》かなくなってしまった。

「ああああああっ！」

たけし君《くん》が泣《な》きわめく。

助《たす》けて！

ぼくはひろし君《くん》の顔《かお》をふり返《かえ》った。こういう危機《きき》一髪《いっぱつ》の状況《じょうきょう》におちいったとき、予想《よそう》もつかないアイデアを出《だ》してぼくたちを助《たす》けてくれるのは、いつだってひろし君《くん》だ。今回《こんかい》もきっとなんとかしてくれるにちがいない——そう思《おも》ったのだが、ひろし君《くん》は怪物《かいぶつ》の目玉《めだま》を見上《みあ》げたまま、ふだんはめったに見《み》せない幸《しあわ》せそうな笑顔《えがお》をうかべている。

こんなにも間近《まぢか》で、この巨大生物《きょだいせいぶつ》を見《み》られるなんて、今夜《こんや》はなんてラッキーなのでしょう！

そんなつぶやきが聞《き》こえてきそうだった。

ダメだ。ひろし君《くん》はあてにならない。たけし君《くん》はガタガタとふるえ続《つづ》けるだけだし、卓郎君《たくろうくん》と美香《みか》ちゃんも怪物《かいぶつ》の迫力《はくりょく》に圧倒《あっとう》され、身動《みうご》きがとれずにいる。

このままだと、シャッターがくずれ落《お》ちるのは時間《じかん》の問題《もんだい》だ。怪物《かいぶつ》の侵入《しんにゅう》を許《ゆる》したら、もうぼくたちに勝《か》ち目《め》はない。

「おしまいだ！」

たけし君《くん》がさけんだ。

「オレたちみんな、ここであいつに食《く》われちまうんだ！」

「……あきらめたらそこまでだぞ」

背後《はいご》から大人《おとな》の声《こえ》が届《とど》いた。

「どうすればいいかギリギリまで考《かんが》えることをやめちゃいけない」

低《ひく》く落《お》ち着《つ》いたそのトーンには聞《き》き覚《おぼ》えがある。

ふり返《かえ》ると、そこには筋肉質《きんにくしつ》で日《ひ》に焼《や》けた男性《だんせい》――ネイチャーガイドのクロさんが立《た》っていた。

14 頼《たの》もしい助《すけ》っ人《と》

意外《いがい》な人物《じんぶつ》の出現《しゅつげん》に、みんなは目《め》と口《くち》を大《おお》きく開《ひら》き、まぬけな表情《ひょうじょう》をうかべた。

たぶん、ぼくも同《おな》じような顔《かお》をしていたにちがいない。

「クロさん！　どうしてここに？」

卓郎君《たくろうくん》がたずねる。

「説明《せつめい》はあとだ。今《いま》はあの動物《どうぶつ》の侵入《しんにゅう》を防《ふせ》ぐことだけを考《かんが》えよう」

クロさんはそういうと、みんなの横《よこ》を通《とお》り抜《ぬ》けてシャッターの前《まえ》に立《た》ちはだかった。

「危《あぶ》ないから、みんなは一歩後《いっぽうし》ろへ下《さ》がって。……あ。でも、あいつに背中《せなか》を向《む》けちゃいけないよ。逃《に》げるようなそぶりをみせると、猛獣《もうじゅう》は自分《じぶん》より弱《よわ》いヤツだと判断《はんだん》しておそいかかろうとするからね」

話《はなし》を続《つづ》けながら、シャッターの向《む》こう側《がわ》に見《み》える巨大《きょだい》な目玉《めだま》に強《つよ》いまなざしを向《む》ける。

「あいつを思《おも》いきりにらみつけるんだ。絶対《ぜったい》に目《め》をそらしちゃいけない。おまえより自分《じぶん》のほうが強《つよ》いんだぞ、とアピールし続《つづ》けろ」

クロさんの冷静《れいせい》な態度《たいど》と説得力《せっとくりょく》のある言葉《ことば》には、ひろし君《くん》でさえかなわない大《おお》きな安心感《あんしんかん》があった。

クロさんの言葉《ことば》に従《したが》い、怪物《かいぶつ》の目玉《めだま》をにらみつけながら後《うし》ろへ下《さ》がる。

たけし君《くん》は泣《な》いているような怒《おこ》っているような、へんてこな表情《ひょうじょう》をうかべていた。

「ゴメンね。君《きみ》にはなんのうらみもないけど、ちょっとおとなしくなってもらおうか」

クロさんが肩《かた》にかけていたバッグから、なにやら取《と》り出《だ》す。ふたつのパーツを組《く》み合《あ》わせてできあがったものは注射器《ちゅうしゃき》だった。シリンダー部分《ぶぶん》にはすでに透明《とうめい》の液体《えきたい》が入《はい》っている。

クロさんは注射器《ちゅうしゃき》を右手《みぎて》に持《も》つと、穴《あな》から突《つ》き出《だ》した怪物《かいぶつ》の指《ゆび》のひとつを左手《ひだりて》でつかんだ。素早《すばや》い動《うご》きで、その指《ゆび》に注射器《ちゅうしゃき》を突《つ》き立《た》てる。

怪物《かいぶつ》の指《ゆび》がびくんとはね上《あ》がった。

ぼくがかみついたときは平然《へいぜん》としていたくせ

に、注射《ちゅうしゃ》は苦手《にがて》らしい。

「その注射《ちゅうしゃ》はなんですか？」

ひろし君《くん》がたずねる。

「催眠鎮静剤《さいみんちんせいざい》。麻酔薬《ますいやく》の一種《いっしゅ》だ。さっき、薬《くすり》の置《お》いてある部屋《へや》で見《み》つけたんだよ。勝手《かって》に持《も》ち出《だ》すのは少《すこ》し良心《りょうしん》がとがめたけど、今《いま》はそんなことを気《き》にしている場合《ばあい》じゃないだろう？」

クロさんが説明《せつめい》を続《つづ》ける間《あいだ》も、怪物《かいぶつ》は指《ゆび》を動《うご》かし、穴《あな》をさらに拡《ひろ》げようとしていた。

「即効性《そっこうせい》のある薬《くすり》なんだけど……これだけ大《おお》きなからだだと、やっぱり注射一本《ちゅうしゃいっぽん》では効《き》き目《め》はないか」

クロさんは首《くび》をすくめ、おどけたような表情《ひょうじょう》を見《み》せた。

「本当《ほんとう》は静脈《じょうみゃく》に打《う》つのが一番《いちばん》なんだけど……」

「静脈《じょうみゃく》？」

卓郎君《たくろうくん》がきき返《かえ》す。

「皮膚《ひふ》の表面《ひょうめん》に青《あお》い血管《けっかん》がうき出《だ》して見《み》えることがあるだろう？　あれが静脈《じょうみゃく》。体内《たいない》の老廃物《ろうはいぶつ》を集《あつ》めて心臓《しんぞう》にもどっていく血管《けっかん》だ」

二本目《にほんめ》の注射《ちゅうしゃ》を取《と》り出《だ》しながら、クロさんは答《こた》えた。

「静脈《じょうみゃく》に直接注入《ちょくせつちゅうにゅう》すると、薬《くすり》の効《き》き目《め》が強《つよ》まるんだ。でもこの猛獣《もうじゅう》の指先《ゆびさき》のどこに静脈《じょうみゃく》が流《なが》れているのか、ぱっと見《み》ただけではよくわからないし……なにかゴムひものようなものがあればいいんだけどなあ」

「ゴムひもって……どういうこと？」

今度《こんど》は美香《みか》ちゃんが首《くび》をひねった。

「駆血帯《くけつたい》ですね」

即座《そくざ》にひろし君《くん》が解説《かいせつ》する。

「くけつ……なに？」

「注射《ちゅうしゃ》や採血《さいけつ》のとき、ゴムチューブのようなものでうでをしばられたことはありませんか？　あれは静脈《じょうみゃく》を見《み》つけやすくするためのものです。皮膚《ひふ》を圧迫《あっぱく》すると静脈《じょうみゃく》がうき出《だ》してきますので」

「……そういえばさっき、オレが血圧計《けつあつけい》を使《つか》ったとき、うでをしめつけられたら、ひじの裏側《うらがわ》に青《あお》い血管《けっかん》がうき出《だ》したっけ」

クロさんの指示《しじ》に従《したが》ってシャッターをにらみつけたまま、たけし君《くん》が口《くち》を開《ひら》く。

「そうだ——あれを化《ば》け物《もの》の指《ゆび》に巻《ま》いたら、青《あお》い血管《けっかん》がうき出《だ》してくるんじゃないの？」

そういって、たけし君《くん》はシャッターのそばに転《ころ》がり落《お》ちていた血圧計《けつあつけい》を指差《ゆびさ》した。

「たけし君《くん》……」

クロさんがぼそりとつぶやく。

「あ、今《いま》のはウソ。冗談《じょうだん》です。そんなことできるわけないですよね」

くだらないことをいうな、と怒《おこ》られると思《おも》ったのか、たけし君《くん》はおどけた感《かん》じでそういった。

「いや、名案《めいあん》だと思《おも》う」

「……へ？」

「すごいよ。よく気《き》づいてくれた。早速《さっそく》、やってみよう」

クロさんは腕帯《わんたい》を怪物《かいぶつ》の指《ゆび》の根《ね》もとに素早《すばや》く巻《ま》きつけると、血圧計《けつあつけい》の電源《でんげん》を入《い》れた。

腕帯《わんたい》に送《おく》りこまれた空気《くうき》が、怪物《かいぶつ》の指《ゆび》をしめつけていく。

たけし君《くん》のいったとおり、怪物《かいぶつ》の皮膚《ひふ》に青《あお》い血管《けっかん》がうかび上《あ》がった。

「ここだ！」

うき出《だ》した血管《けっかん》に、クロさんは二本目《にほんめ》の注射《ちゅうしゃ》を突《つ》きさした。


ぶおおおおっ！

怪物《かいぶつ》のおたけびが一段《いちだん》と激《はげ》しくひびきわたった。

ガシャンッ！

シャッターが横《よこ》に大《おお》きくさける。そのまま、ゆっくりとぼくたちのほうに向《む》かってたおれてきた。

「危《あぶ》ない！　みんな、よけろ！」

クロさんがさけぶ。ぼくたちはいっせいにあとずさった。

鼓膜《こまく》がおかしくなるほどの轟音《ごうおん》を立《た》て、シャッターがたおれてきた。細《こま》かい金属《きんぞく》の破片《はへん》が宙《ちゅう》にまい上《あ》がる。その向《む》こうに巨大《きょだい》な青《あお》い影《かげ》が見《み》えた。

「ブルーベリー色《いろ》の巨人《きょじん》……」

呆然《ぼうぜん》とした表情《ひょうじょう》で美香《みか》ちゃんがつぶやく。

髪《かみ》の毛《け》が一本《いっぽん》も生《は》えていないいびつな形《かたち》の頭《あたま》。顔《かお》の約半分《やくはんぶん》を占領《せんりょう》する大《おお》きな目《め》。とがった鼻《はな》とほっぺたまでさけた口《くち》。

顔《かお》と比較《ひかく》すると、からだは異様《いよう》に小《ちい》さく、ひどくアンバランスだ。マンガのキャラクターみたいだが、ユーモラスには見《み》えず、ただただ不気味《ぶきみ》でしかない。

からだが小《ちい》さいといっても、それはあくまで巨大《きょだい》な頭《あたま》とくらべての大《おお》きさだ。その全長《ぜんちょう》は三《さん》メ

ートル以上《いじょう》あった。これまで出会《であ》ったどの怪物《かいぶつ》よりも大《おお》きい。頭《あたま》が天井《てんじょう》に当《あ》たるので、わずかにこしをかがめている。その姿《すがた》がまたうす気味悪《きみわる》く、ぼくは軽《かる》いめまいを覚《おぼ》えた。
両《りょう》うでをだらしなく垂《た》らしたまま、怪物《かいぶつ》はこちらに向《む》かって一歩《いっぽ》ふみ出《だ》した。振動《しんどう》で建物全体《たてものぜんたい》

がゆれ動《うご》く。天井《てんじょう》から白《しろ》い粉《こな》がぱらぱらと落《お》ちてきた。

「あ……あああ……たす、たす、助《たす》けてえええっ！」

ついにこらえきれなくなったのか、たけし君《くん》が怪物《かいぶつ》に背中《せなか》を向《む》けて逃《に》げ出《だ》した。恐怖《きょうふ》でこしが抜《ぬ》けてしまったのか、四《よ》つんばいのまま、犬《いぬ》みたいに走《はし》っていく。

こわがりのたけし君《くん》でなくても、もう限界《げんかい》だ。怪物《かいぶつ》をにらみ続《つづ》けろ、とクロさんはいったけど、このままだとあまりの恐怖《きょうふ》で気絶《きぜつ》してしまいそうだった。

怪物《かいぶつ》の頭《あたま》がふらりと右《みぎ》にゆれた。

「みんな逃《に》げろ！」

クロさんがさけんだ。

「こちらにたおれてくるぞ！」

よく見《み》ると、怪物《かいぶつ》の目《め》は焦点《しょうてん》がまるで合《あ》っていない。足《あし》をよろめかせ、病室《びょうしつ》の壁《かべ》にからだをぶつける。そのままバランスをくずしてたおれこんだ。

「……なに？　なにが起《お》こったの？」

四《よ》つんばいのまま、たけし君《くん》がこちらをふり返《かえ》る。

「どうやら、薬《くすり》が効《き》いたみたいだね」

シャツのほこりをはらいながら、クロさんは答《こた》えた。
怪物《かいぶつ》は気持《きも》ちよさそうに寝息《ねいき》を立《た》てている。
ぼくたちは胸《むね》をなでおろし、一時的《いちじてき》とはいえ、危機《きき》が去《さ》ったことを喜《よろこ》び合《あ》った。

15 ねむっていたのは……

ねむり続《つづ》ける怪物《かいぶつ》の顔《かお》を、ひろし君《くん》が興味深《きょうみぶか》そうにのぞきこむ。

「この巨大生物《きょだいせいぶつ》はうぶ毛《げ》すら生《は》えていないようです。まつげも見当《みあ》たりませんね。たいていの哺乳類《ほにゅうるい》にはまつげが生《は》えているはずなのですが……。肌《はだ》の質《しつ》がカエルやイモリに似《に》ていますので、もしかしたら両生類《りょうせいるい》に近《ちか》い生《い》き物《もの》なのかもしれません」

怪物《かいぶつ》の顔《かお》の大《おお》きさはひろし君《くん》の背丈《せたけ》とほとんど変《か》わらない。突然《とつぜん》目《め》を覚《さ》まし、口《くち》を大《おお》きく開《ひら》いたら、簡単《かんたん》にひとのみにされてしまいそうだが、ひろし君《くん》はこわがることなく怪物《かいぶつ》に接近《せっきん》した。

おどろいたことに、両手《りょうて》でひふまでさわり始《はじ》める。

「ぬるっとしていて……しかも冷《つめ》たい。もしかして、変温動物《へんおんどうぶつ》なのでしょうか？」

「ひろし、やめろよ。目《め》を覚《さ》ましたらどうするんだ？」

廊下《ろうか》に設置《せっち》された消火栓《しょうかせん》のかげにかくれながら、たけし君《くん》がいう。

「クロさん。今《いま》のうちに、あの怪物《かいぶつ》をしばりあげちゃおうよ」

「できることならそうしたいけど、残念《ざんねん》ながら道具《どうぐ》がなにもない」

使用《しよう》した注射器《ちゅうしゃき》をショルダーバッグの奥《おく》にしまいこみながら、クロさんは答《こた》えた。

「病院《びょういん》の中《なか》を探《さが》し回《まわ》れば、ロープくらい見《み》つかるんじゃないの？」

「バカか、おまえは」

卓郎君《たくろうくん》が口《くち》をとがらせる。

「シャッターをあんなふうにこわしちまう怪力《かいりき》の化《ば》け物《もの》なんだぞ。ロープでしばりつけたって、すぐに引《ひ》きちぎっちまうさ。もっとがんじょうな——鉄《てつ》のクサリとかがあれば、なんとかなるのかもしれねえけどな」

「卓郎君《たくろうくん》のいうとおりだね。あいつがねむっている間《あいだ》に、この病院《びょういん》から脱出《だっしゅつ》する方法《ほうほう》を探《さぐ》ったほうがいいと思《おも》う」

クロさんの言葉《ことば》に、みんなは深《ふか》くうなずいた。

「ねえ。そういえば、クロさんはどうやって病院《びょういん》の中《なか》へ入《はい》ってきたの？」

卓郎君《たくろうくん》に寄《よ》りそいながら、美香《みか》ちゃんがたずねる。

「クロさんのやって来《き》たところから外《そと》へ出《で》られるんじゃや……」

「残念《ざんねん》だけどそれは無理《むり》だ。僕《ぼく》が入《はい》ってきたのは玄関《げんかん》だから」

玄関《げんかん》のとびらの前《まえ》はシャッターでふさがれている。そこから逃《に》げるのは到底《とうてい》、不可能《ふかのう》だった。

「夕方《ゆうがた》からお見舞《みま》いに来《き》ていたんだ」

クロさんはいった。

「タケル君《くん》のお父《とう》さんの？」

美香《みか》ちゃんがきく。

「ああ。彼《かれ》がこんなふうになってしまった責任《せきにん》は僕《ぼく》にあるからね。退院《たいいん》するまで、できる限《かぎ》りのことはさせてもらおうと思《おも》って」

クロさんは申《もう》し訳《わけ》なさそうにぼくのほうを見《み》た。

「飲《の》み物《もの》でも買《か》ってこようと思《おも》って病室《びょうしつ》をはなれたところで、何者《なにもの》かに口《くち》をおさえられて、そのまま意識《いしき》を失《うしな》ってしまったんだ。目《め》を覚《さ》ましたら、そこはたくさんの薬《くすり》が置《お》いてある部屋《へや》だった」

「薬品管理室《やくひんかんりしつ》でしょうか？」

怪物《かいぶつ》の顔《かお》をべたとさわっていたひろし君《くん》が、クロさんのほうをふり返《かえ》った。

「ああ……そんな名前《なまえ》だったかな」

「診察室《しんさつしつ》のとなりにあった部屋《へや》ですね。僕《ぼく》とたけし君《くん》の二人《ふたり》で脱出《だっしゅつ》できるルートを探《さが》しているとき、薬品管理室《やくひんかんりしつ》のドアにはカギがかかっていましたけど」

「あの部屋《へや》には発火性《はっかせい》の薬品《やくひん》が並《なら》べてあるから近《ちか》づかないほうがいい。うっかり瓶《びん》を割《わ》ったりしたら、火事《かじ》になっちゃうからね」

クロさんはさらに続《つづ》けた。

「僕《ぼく》をおそった何者《なにもの》かは、薬品管理室内《やくひんかんりしつない》に僕《ぼく》を放《ほう》りこんだあと、ドアにカギをかけたんだろう。でも、内側《うちがわ》のドアノブにはつまみがついていたから、それをひねったら簡単《かんたん》に出《で》てくることができた」

「ずっと、薬品管理室《やくひんかんりしつ》でねむっていたのですか？」

「ああ。君《きみ》たちのさけび声《ごえ》で目《め》を覚《さ》ましたんだ。ぼくをおそったヤツがまだ病院《びょういん》の中《なか》をうろついているのかと思《おも》った。目《め》の前《まえ》の棚《たな》に催眠鎮静剤《さいみんちんせいざい》が置《お》いてあったから、これなら武器《ぶき》になるかもしれないと考《かんが》えて、とっさに持《も》ち出《だ》したんだ。役《やく》に立《た》ってよかったよ」

「……奇妙《きみょう》ですね」

あごに手《て》を当《あ》て、ひろし君《くん》は首《くび》をひねった。

「奇妙《きみょう》？　なにが？」

クロさんが眉《まゆ》をひそめる。

「オジサンや院長先生《いんちょうせんせい》、看護師《かんごし》さんをねむらせた人物《じんぶつ》と、クロさんをおそった人物《じんぶつ》は同《おな》じだと考《かんが》えるのが自然《しぜん》ですよね？」

「ああ……そうだと思《おも》う」

「犯人《はんにん》は同一人物《どういつじんぶつ》なのに、どうしてクロさんだけが薬品管理室《やくひんかんりしつ》に閉《と》じこめられてしまったのでしょう？」

「いわれてみれば確《たし》かに。なぜだろうな？」

クロさんもひろし君《くん》と同《おな》じように、あごに手《て》を当《あ》て首《くび》をひねった。

「ああ、もう！　そんな話《はなし》、今《いま》はどうだっていいだろ？」

二人《ふたり》の会話《かいわ》に、たけし君《くん》が割《わ》って入《はい》る。

「怪物《かいぶつ》をしばりあげることができないっていうなら、そいつが目《め》を覚《さ》ます前《まえ》にここから脱出《だっしゅつ》しなくちゃ。クロさん、携帯電話《けいたいでんわ》は持《も》ってないの？」

「それがどこにもないんだ」

クロさんは困惑《こんわく》の表情《ひょうじょう》をうかべた。院長先生《いんちょうせんせい》や看護師《かんごし》さんと同様《どうよう》、ぼくたちをここへ閉《と》じこめた何者《なにもの》かがうばいとったのだろう。

「どうやって脱出《だっしゅつ》する？」

卓郎君《たくろうくん》がしかめっ面《つら》を見《み》せた。

「シャッターの前《まえ》にバリケードを作《つく》ろうとしたとき、まだ見《み》ていなかった病室《びょうしつ》にも全部入《ぜんぶはい》ったけど、逃《に》げられそうな場所《ばしょ》なんてひとつもなかったぞ」

「ううん。まだ調《しら》べてない場所《ばしょ》がひとつだけあるよ」

美香《みか》ちゃんが卓郎君《たくろうくん》のシャツのそでを引《ひ》っ張《ぱ》った。

「あそこ」

美香《みか》ちゃんの指《さ》し示《しめ》した先《さき》はこわれたシャッターの向《む》こう側《がわ》だった。怪物《かいぶつ》のひそんでいた地下《ちか》室《しつ》だ。巨大《きょだい》なからだで無理《むり》やり通《とお》り抜《ぬ》けてきたため、ドアは完全《かんぜん》に破壊《はかい》され、コンクリートの壁《かべ》には大《おお》きな穴《あな》が空《あ》いている。

「化《ば》け物《もの》のかくれてた場所《ばしょ》なんだろ？　イヤだよ、そんなところ。絶対《ぜったい》に行《い》くもんか」

たけし君《くん》が顔《かお》を左右《さゆう》にぶんぶんとふった。

「碧奥小学校《へきおうしょうがっこう》の地下室《ちかしつ》で、さんざんこわい目《め》にあったことを忘《わす》れたのかよ？　もしかしたら、化《ば》け物《もの》の仲間《なかま》がいるかもしれない。危険《きけん》すぎるってば」

「だったら、ほかに逃《に》げ道《みち》があるっていうの？」

「そ、それは……」

美香《みか》ちゃんににらまれ、たちまちたけし君《くん》はしどろもどろになる。

「ひろし。おまえたちの調《しら》べたあっち側《がわ》には、脱出《だっしゅつ》できそうなところはなかったのか？」

卓郎君《たくろうくん》の問《と》いかけに、

「今《いま》のところは」

ひろし君《くん》はかぶりをふった。

「診察室《しんさつしつ》を調《しら》べていたときに美香《みか》さんの悲鳴《ひめい》が聞《き》こえたため、すぐにこちら側《がわ》へ来《き》てしまいましたから。まだすべての部屋《へや》を調《しら》べたわけではありません」

「じゃあ、先《さき》にそっちを調《しら》べたほうがいいな。みんなで行《い》こう」

そう口《くち》にするなり、卓郎君《たくろうくん》は廊下《ろうか》を急《いそ》ぎ足《あし》で歩《ある》き始《はじ》めた。

「待《ま》って、卓郎《たくろう》」

美香《みか》ちゃんがあとに続《つづ》く。

「おい、置《お》いてくなよ。オレも行《い》くってば」

さらにたけし君《くん》が美香《みか》ちゃんの背中《せなか》を追《お》いかけた。

ひろし君《くん》。ぼくたちも急《いそ》ご――。

ひろし君《くん》のほうをふり返《かえ》り、ぼくは絶句《ぜっく》した。ひろし君《くん》は怪物《かいぶつ》のお腹《なか》の上《うえ》に乗《の》り、胸《むね》のあたりに聴診器《ちょうしんき》を当《あ》てている。

「おい、君《きみ》。なにをやってるんだ？」

あわてた様子《ようす》でクロさんがいった。

「心臓《しんぞう》の鼓動《こどう》は六秒間《ろくびょうかん》に九回《きゅうかい》。人間《にんげん》とほぼ変《か》わりありませんね」

悪《わる》びれることなく、ひろし君《くん》は答《こた》える。

「危険《きけん》だ。そこからはなれたほうがいい」

「でも、今《いま》はこの巨大生物《きょだいせいぶつ》の生態《せいたい》を調《しら》べる絶好《ぜっこう》のチャンスです。僕《ぼく》はしばらくここに残《のこ》りますので、クロさんは先《さき》に向《む》かってもらえませんか？」

「バカいうな。こんな危《あぶ》ない場所《ばしょ》に君《きみ》だけを残《のこ》していくなんて、そんなことできるものか」

「しかし――」

「ゴメン。力《ちから》ずくでも連《つ》れていくよ」

クロさんはひろし君《くん》のうでをつかむと、そのまま肩《かた》の上《うえ》に軽々《かるがる》とかつぎ上《あ》げてしまった。

「あ、ちょっと――」

「さあ、行《い》こう」

ひろし君《くん》をかついだまま走《はし》り出《だ》す。ぼくはその後《うし》ろを追《お》いかけた。

「ちょっと待《ま》ってください」

「いや、待《ま》たないよ。用件《ようけん》だけきこうか。なんだい？」

「タケル君《くん》のオジサンの病室《びょうしつ》に立《た》ち寄《よ》ってください。クロさんが目《め》を覚《さ》ましたということは、もしかしたらほかのみんなもそろそろ薬《くすり》の効《き》き目《め》が切《き》れるころかもしれません」

なるほど。その可能性《かのうせい》は高《たか》い。

ぼくはクロさんを追《お》い抜《ぬ》いて、先《さき》にお父《とう》さんの病室《びょうしつ》へ飛《と》びこんだ。

お父《とう》さん！　おはよう！

勢《いきお》いをつけてベッドの上《うえ》に飛《と》びのったが、お父《とう》さんは先《さき》ほどまでと変《か》わらずねむりについたままだった。ほっぺたをひっかいても起《お》きる気配《けはい》はない。

「まだ薬《くすり》が効《き》いているみたいだね」

お父《とう》さんの顔《かお》をのぞきこんで、クロさんはいった。

「オジサンをこのままにしておくのは危険《きけん》ではありませんか？」

クロさんのうでからようやく逃《のが》れたひろし君《くん》がクロさんを見上《みあ》げる。

「ねむったままではなにもできません。怪物《かいぶつ》が目《め》を覚《さ》ましたら、あっという間《ま》におそわれてしまいます」

「彼《かれ》を抱《かか》えて逃《に》げろっていうのかい？　できないことはないけど、この人《ひと》のからだはまだ完全《かんぜん》には回復《かいふく》していない。下手《へた》に連《つ》れ回《まわ》すより、ここにいるほうがはるかに安全《あんぜん》だと思《おも》うけど」

クロさんはひろし君《くん》とぼくを交互《こうご》にながめながら続《つづ》けた。

「大丈夫《だいじょうぶ》だ。あの青《あお》い生物《せいぶつ》は大《おお》きすぎて、病室《びょうしつ》のドアを通《とお》り抜《ぬ》けることはできない。ドアをこわそうとすれば大《おお》きな音《おと》がするから、僕《ぼく》たちがはなれたところにいても気《き》づくことができるだろう。今《いま》はこのままにしておいて、僕《ぼく》たちは脱出《だっしゅつ》ルートを探《さが》すことに専念《せんねん》しよう」

クロさんのいうとおりかもしれなかった。怪物《かいぶつ》がねむっている今《いま》こそが、病院内《びょういんない》をあちこち調《しら》べ回《まわ》れる絶好《ぜっこう》のチャンスなのだ。

ぼくはお父《とう》さんのお腹《なか》の上《うえ》をごろごろと転《ころ》がった。

「……タケル君《くん》はなにをしているのかな？」

クロさんが不思議《ふしぎ》そうにこちらを見《み》る。

「自分《じぶん》のにおいをオジサンの服《ふく》にこすりつけているのだと思《おも》います。あの巨大生物《きょだいせいぶつ》は犬《いぬ》が苦手《にがて》ですから、タケル君《くん》のにおいを感《かん》じたら、おそらく近《ちか》づこうとしないはずです」

さすがひろし君《くん》。なんでもお見《み》とおしだ。

出口《でぐち》を見《み》つけたら、すぐにもどってくるから、それまで待《ま》っててね。

ぼくはお父《とう》さんに別《わか》れを告《つ》げると、ベッドから飛《と》び下《お》りて病室《びょうしつ》の外《そと》に出《で》た。

ナースステーションの前《まえ》を通過《つうか》し、廊下《ろうか》を左《ひだり》に曲《ま》がる。タイミングよく、診察室《しんさつしつ》の向《む》かい側《がわ》のドアが開《ひら》いた。中《なか》から卓郎君《たくろうくん》、美香《みか》ちゃん、たけし君《くん》の三人《さんにん》が姿《すがた》を現《あらわ》す。ドアには〈リハビリテーション室《しつ》〉と記《しる》されていた。

「あ、クロさん」

卓郎君《たくろうくん》がぼくたちに気《き》がつく。

「なにかわかったかい？」

「いいえ、残念《ざんねん》ながら。この部屋《へや》も窓《まど》にシャッターが下《お》りていて、外《そと》に出《で》ることはできそうにありません」

卓郎君《たくろうくん》がクロさんに向《む》かって、そう報告《ほうこく》する。大人《おとな》を前《まえ》にしたときは、ずいぶんと言葉《ことば》づかいが丁寧《ていねい》だ。

「僕《ぼく》たちはとなりの部屋《へや》に移動《いどう》しますので、クロさんは診察室《しんさつしつ》のとなりを調《しら》べてください」

卓郎君《たくろうくん》が自分《じぶん》のことを「僕《ぼく》」という場面《ばめん》に初《はじ》めて出《で》くわした。聞《き》き慣《な》れなくて、なんだかくすぐったい気分《きぶん》になる。

「ああ、わかった」

クロさんはうなずくと、診察室《しんさつしつ》のとなり——〈レントゲン室《しつ》〉と記《しる》された部屋《へや》へ向《む》かった。

ちょっと待《ま》ってて。

ぼくはひろし君《くん》にそう告《つ》げると、ナースステーションまでもどり、毛布《もうふ》をかぶってねむっている院長先生《いんちょうせんせい》と看護師《かんごし》さんのもとへかけ寄《よ》った。

毛布《もうふ》の中《なか》へもぐりこみ、お父《とう》さんにやったみたいに、自分《じぶん》のにおいを三人《さんにん》のからだにこすりつける。こうしておけば、怪物《かいぶつ》もすぐにはおそいかからないはずだ。

「では、クロさんと僕《ぼく》でレントゲン室《しつ》を調《しら》べてきます」

ひろし君《くん》の声《こえ》が聞《き》こえた。ドアの開《ひら》く音《おと》。同時《どうじ》に、あるにおいを感《かん》じ取《と》った。

……あれ？

気《き》のせいかと思《おも》い、もう一度鼻《いちどはな》をひくつかせる。しかし、そのにおいはまちがいなく存在《そんざい》した。

ナースステーションを飛《と》び出《だ》して、ひろし君《くん》のもとへ移動《いどう》する。レントゲン室《しつ》の奥《おく》から、そのにおいはただよっていた。

……どうして？

クロさんの後《うし》ろから室内《しつない》へ入《はい》る。ずいぶんと殺風景《さっぷうけい》な場所《ばしょ》だった。部屋《へや》の中央《ちゅうおう》にひとつだけ簡易《かんい》ベッドが置《お》いてあり、その上部《じょうぶ》になにに使《つか》うかよくわからない機械《きかい》が設置《せっち》されている。

ぼくは鼻《はな》を動《うご》かした。においは部屋《へや》のすみにある縦長《たてなが》のロッカーからただよってくる。

「ねえ、いくらなんでもちょっとおそくない？」

廊下《ろうか》から美香《みか》ちゃんの声《こえ》が聞《き》こえた。

「ここに閉《と》じこめられてから、そろそろ一時間《いちじかん》が経《た》つっていうのに、どうして誰《だれ》も助《たす》けに来《こ》ないの？　ハルナ先生《せんせい》、ちゃんと警察《けいさつ》に連絡《れんらく》してくれたんだよね？」

「オレたち全員《ぜんいん》、いきなり病院《びょういん》の中《なか》に閉《と》じこめられちゃったんだから、心配《しんぱい》になってすぐに通報《つうほう》したと思《おも》うんだけど……」

たけし君《くん》の声《こえ》は不安《ふあん》そうだ。

「シャッターをこじ開《あ》けるのに手間《てま》取《ど》っているんじゃねえか？」

卓郎君《たくろうくん》がいう。

ちがう。警察《けいさつ》がなかなかやって来《こ》ない理由《りゆう》はそうじゃない。

そのロッカーを開《あ》けてみて！

ひろし君《くん》に向《む》かってぼくはさけんだ。ぼくの思《おも》いはすぐに伝《つた》わったようだ。

「ここになにかあるのですか？」

ひろし君《くん》がロッカーのとびらを開《あ》ける。

「……え」

ひろし君《くん》の表情《ひょうじょう》が変《か》わった。

「どうして、こんなところに？」

ロッカーの中《なか》でねむっていたのは、病院《びょういん》の外《そと》にいるはずのハルナ先生《せんせい》だった。

16 「胃《い》」の問題《もんだい》

別《べつ》の部屋《へや》を探索《たんさく》していた卓郎君《たくろうくん》たちを呼《よ》び、ぼくらはレントゲン室《しつ》に集《あつ》まった。ロッカーからハルナ先生《せんせい》を引《ひ》っ張《ぱ》り出《だ》し、簡易《かんい》ベッドに寝《ね》かせる。いや、ベッドだと思《おも》ったものはレントゲン台《だい》なのだとひろし君《くん》が教《おし》えてくれた。天井《てんじょう》からつるされた大《おお》きな機械《きかい》はからだの内側《うちがわ》を撮影《さつえい》する特殊《とくしゅ》なカメラらしい。

からだの内側《うちがわ》を写真《しゃしん》にとるっていったい、どういうことなんだろう？　もしかして今日《きょう》の昼間《ひるま》に食《た》べたハンバーガーが写《うつ》ったりするのかな？

ぼくがそんなことを考《かんが》えている間《ま》に、クロさんはハルナ先生《せんせい》の容態《ようだい》を確認《かくにん》した。

「大丈夫《だいじょうぶ》。呼吸《こきゅう》も脈拍《みゃくはく》も異常《いじょう》はない。ねむっているだけだ」

みんなはいっせいに、ホッとした表情《ひょうじょう》をうかべた。でも、だからといって緊張感《きんちょうかん》がうすまるわけではない。

ハルナ先生《せんせい》は中庭《なかにわ》でぼくと別《わか》れたあと、何者《なにもの》かに無理《むり》やりねむらされて、ここまで運《はこ》ばれてきたのだろう。いったい、誰《だれ》がそんなことをしたのか？　まったく見当《けんとう》がつかない。

クロさんから指示《しじ》を受《う》け、美香《みか》ちゃんが先生《せんせい》の服《ふく》のポケットの中身《なかみ》を確認《かくにん》した。

「ダメ。なにも入《はい》ってないよ。先生《せんせい》、スマートフォンを持《も》っていたはずなのに」

「僕《ぼく》と同《おな》じだ。おそらく犯人《はんにん》が持《も》ち去《さ》ったんだろうな」

クロさんが腹立《はらだ》たしげにいう。

「オレたちとの通話《つうわ》がとぎれたすぐあとに先生《せんせい》はおそわれたのかな？　だとしたら、警察《けいさつ》にはまだ連絡《れんらく》を入《い》れてないってことにならない？」

情《なさ》けなく顔《かお》をゆがめたたけし君《くん》に、

「そういうことでしょう」

ひろし君《くん》はあっさりと答《こた》えた。

「チクショー」

卓郎君《たくろうくん》が苦々《にがにが》しげに舌打《したう》ちをする。

「公衆電話《こうしゅうでんわ》が使《つか》えなくなったのも、おそらく犯人《はんにん》の仕業《しわざ》ですね」

「ほかに電話機《でんわき》はないの？　病院《びょういん》なら普通《ふつう》、置《お》いてあるはずじゃない？」

美香《みか》ちゃんがヒステリックにさけんだ。

「ナースステーションにも診察室《しんさつしつ》にも、それらしきものは置《お》いてありませんでした。犯人《はんにん》がすべてかくしてしまったのでしょうね。たとえ見《み》つかったとしても、用意周到《よういしゅうとう》な犯人《はんにん》が電話線《でんわせん》を切断《せつだん》していると思《おも》います」

「そんな……じゃあ、どうすればいいの？」

声《こえ》のトーンが高《たか》くなる。

「あたしたち、いつまで経《た》ってもここから出《で》られないじゃない！」

「僕《ぼく》たちがタケル君《くん》のお父《とう》さんのお見舞《みま》いにやって来《き》たことは、それぞれの両親《りょうしん》にハルナ先生《せんせい》がきちんと説明《せつめい》してくれましたから、みんな承知《しょうち》しています。すでに九時《くじ》を過《す》ぎていますし、そろそろおかしいと思《おも》い始《はじ》めるころでしょう。このまま待《ま》っていれば、必《かなら》ず助《たす》けは現《あらわ》れます」

「それまでここで待《ま》ってろっていうの？　いつ、あの巨人《きょじん》が目《め》を覚《さ》ますかわからないのに？」

「中庭《なかにわ》にいたはずの先生《せんせい》がここにいるという事実《じじつ》から、犯人《はんにん》は病院《びょういん》の内《うち》と外《そと》を自由《じゆう》に往復《おうふく》していることがわかります。つまり、どこかに犯人《はんにん》だけが知《し》っている抜《ぬ》け道《みち》があると考《かんが》えてよいでしょう。その抜《ぬ》け道《みち》を見《み》つけ出《だ》せば、僕《ぼく》たちも外《そと》に出《で》られるかもしれません」

なるほど。さすがはひろし君《くん》だ。

ハルナ先生《せんせい》が何者《なにもの》かにおそわれて病院内《びょういんない》へ運《はこ》ばれた事実《じじつ》は恐《おそ》ろしかったけれど、それは同時《どうじ》に、病院《びょういん》の外《そと》へ脱出《だっしゅつ》するルートがあることをぼくたちに教《おし》えてくれた。これは喜《よろこ》ぶべき発見《はっけん》だった。

「……なんだ、これ？」

ロッカーの中《なか》をのぞきこんでいたたけし君《くん》が、奥《おく》のほうからピンク色《いろ》のかたまりを取《と》り出《だ》した。表面《ひょうめん》に血管《けっかん》のようなものがうき出《だ》していて、かなりグロテスクだ。卓郎君《たくろうくん》が病室《びょうしつ》で見《み》つけた心臓《しんぞう》の模型《もけい》ともよく似《に》ている。

「数字《すうじ》が印刷《いんさつ》してある。９８２……どういう意味《いみ》だろ？」

「数字《すうじ》の意味《いみ》は不明《ふめい》ですが、それが胃《い》だということはわかります」

ひろし君《くん》が答《こた》える。

「精巧《せいこう》に作《つく》られた胃《い》の模型《もけい》です」

「いっ？」

口《くち》を思《おも》いきり横《よこ》に開《ひら》き、たけし君《くん》は変顔《へんがお》を見《み》せた。

「胃《い》って胃袋《いぶくろ》のこと？　なんでそんなものがロッカーの中《なか》に放《ほう》りこんであるわけ？」

再《ふたた》びロッカーの奥《おく》に目《め》をやり、たけし君《くん》は続《つづ》けた。

「ほかにもなにかあるよ。これはなんだろ？」

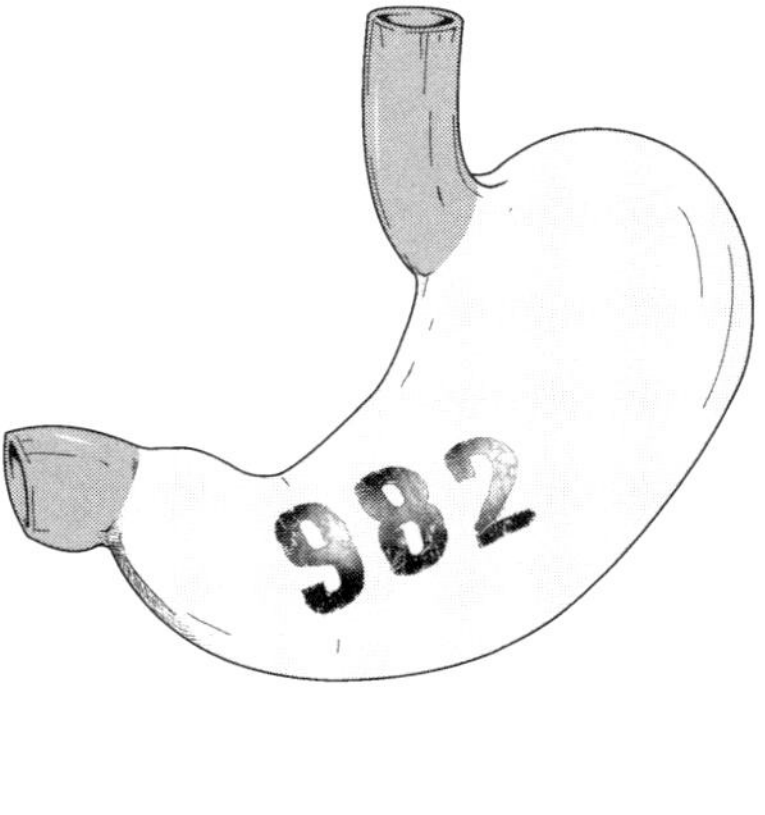

今度《こんど》はノートを引《ひ》っ張《ぱ》り出《だ》す。

「あ、それ――」

卓郎君《たくろうくん》と美香《みか》ちゃんがそろって声《こえ》をあげた。

そのノートにはぼくも見覚《みおぼ》えがあった。心臓模型《しんぞうもけい》のそばで見《み》つけたノートにそっくりだ。とちゅうに付箋紙《ふせんし》がはりつけてあり、そこには〈Q2「胃《い》」〉と記《しる》されている。

「ちょっと貸《か》してみろ」

卓郎君《たくろうくん》はそのノートを取《と》り上《あ》げると、付箋紙《ふせんし》のはられたページを開《ひら》いた。

「今度《こんど》はなにが書《か》いてあるの？」

ノートをのぞきこむ美香《みか》ちゃんの後《うし》ろから、ぼくも内容《ないよう》を確認《かくにん》する。

今日《きょう》もおつかれ様《さま》でした。
つかれたからだにはマッサージが最適《さいてき》。それは脳《のう》も同《おな》じです。頭《あたま》の体操《たいそう》でリフレッシュしてみてください。
7月6日《がつむいか》　院長《いんちょう》

院長《いんちょう》の角《かく》ばった文字《もじ》の下《した》に、なぞなぞらしきものが書《か》きこんである。

「胃《い》」にあって「お腹《なか》」にない
「注射《ちゅうしゃ》」にあって「飲《の》み薬《ぐすり》」にない
「こたつ」にあって「ストーブ」にない
「竹馬《たけうま》」にあって「竹《たけ》とんぼ」にない
「蚊《か》取《と》り線香《せんこう》」にあって「虫除《むしよ》けスプレー」にない
「百日紅《さるすべり》」にあって「向日葵《ひまわり》」にない
それっていったい、なーんだ？

「なんだ、こりゃ？」

卓郎君《たくろうくん》が顔《かお》をしかめる。

「なんのことだかさっぱりわかんねえや。ひろし、おまえならわかるんじゃねえか？」

「見《み》せていただいてもよろしいですか？」

卓郎君《たくろうくん》からノートを受《う》け取《と》り、ひろし君《くん》は付箋《ふせん》のはられたページに視線《しせん》を落《お》とした。

「わかりました」

数秒《すうびょう》と経《た》たぬうちに、そうつぶやく。

「早《はや》いな、おい」

「それほど難《むずか》しい問題《もんだい》ではありませんでしたから」

ひろし君《くん》はしれっといった。

「漢字《かんじ》がわからねえ。最後《さいご》のふたつはなんて読《よ》むんだよ？」

〈百日紅《さるすべり》〉と〈向日葵《ひまわり》〉を指差《ゆびさ》して、卓郎君《たくろうくん》がきく。

「〈サルスベリ〉と〈ヒマワリ〉――どちらも植物《しょくぶつ》の名前《なまえ》ですね。サルスベリはミソハギ科《か》の落《らく》葉樹《ようじゅ》でピンクや白《しろ》の花《はな》をさかせます。この前《まえ》、ハイキングに出《で》かけたときもさいていましたね。樹皮《じゅひ》がツルツルしていて、木登《きのぼ》りの得意《とくい》なサルですら登《のぼ》れないということから、このような名前《なまえ》が――」

「ああ、説明《せつめい》はそれくらいでいい」

ひろし君《くん》の言葉《ことば》をさえぎり、卓郎君《たくろうくん》はうで組《ぐ》みをした。

「サルスベリにあってヒマワリにない……どういうことだろう？」

「正解《せいかい》を教《おし》えましょうか？」

「待《ま》て。自分《じぶん》で考《かんが》える」

ひろし君《くん》に負《ま》けるのがくやしいのだろう。卓郎君《たくろうくん》はひろし君《くん》の手《て》からノートをうばいとると、眉間《みけん》にしわをよせた。

「胃《い》にあってお腹《なか》にない……」

たけし君《くん》が手《て》にした胃《い》の模型《もけい》をちらりと見《み》て、首《くび》をひねる。

「さっぱりわかんねえな。次《つぎ》は注射《ちゅうしゃ》にあって飲《の》み薬《ぐすり》にない……」

「針《はり》じゃないの？　注射《ちゅうしゃ》には針《はり》がついてるけど、薬《くすり》にはないだろ？」

「おまえはだまってろ」

口《くち》をはさんだたけし君《くん》をひとにらみして、さらに続《つづ》ける。

「こたつにあってストーブにないのは……」

「わかった、あしだ」

「だまれっていってるだろ」

「むぐっ」

たけし君《くん》の口《くち》をおさえながら、卓郎君《たくろうくん》はひろし君《くん》のほうを向《む》いた。

「ひろし……ひとつだけヒントをくれ」

「いいですよ。竹馬《たけうま》、竹《たけ》とんぼ――どちらの言葉《ことば》にも生《い》き物《もの》がかくれていますよね。ほかの単語《たんご》はどうでしょう？」

「百日紅《さるすべり》……ここにもサルがいるな。でも、それがなんだっていうんだ？」

「もうひとつだけヒントを。『犬《いぬ》』にはあっても、『猫《ねこ》』にはありません」

そういって、ぼくのほうを見《み》る。

「犬《いぬ》にあって猫《ねこ》にない……あ、そうか」

そのヒントでようやく、卓郎君《たくろうくん》もピンときたらしい。手《て》をたたき、にんまりとする。くやしいけれど、ぼくにはさっぱりわからない。

「答《こた》えはわかったけどさ、それがいったいなんだっていうんだ？」

「付箋紙《ふせんし》には〈Q2〉――第二問《だいにもん》と書《か》いてありますね。ということは、ほかにも問題《もんだい》がありそうですけど」

「〈Q1〉は俺《おれ》と美香《みか》の調《しら》べた病室《びょうしつ》で見《み》つけたよ。タケルパパの病室《びょうしつ》の向《む》かいの部屋《へや》だ。院長室《いんちょうしつ》の花瓶《かびん》を割《わ》ったのは誰《だれ》か？　っていう問題《もんだい》だったかな。そばには心臓《しんぞう》の模型《もけい》が置《お》いてあった」

「ジェイルハウスに閉《と》じこめられたときも、廃校《はいこう》で怪物《かいぶつ》に追《お》いかけられたときも、僕《ぼく》たちは提示《ていじ》されたなぞを解《と》くことで脱出《だっしゅつ》に成功《せいこう》しました。今回《こんかい》もなぞを解明《かいめい》すれば、外《そと》へ出《で》られるのかもしれませんね」

ノートを閉《と》じて、ひろし君《くん》はいった。

「ジェイルハウスではクイズの答《こた》えがドアの暗証番号《あんしょうばんごう》に、碧奥小学校《へきおしょうがっこう》では金庫《きんこ》の暗証番号《あんしょうばんごう》になっていたけど、今回《こんかい》はなんなのさ？　答《こた》えがわかっても、それを入力《にゅうりょく》する装置《そうち》が見当《みあ》たらないけど」

きょろきょろとあたりを見回《みまわ》しながら、たけし君《くん》が口《くち》をとがらせる。

「まだ、すべての部屋《へや》を調《しら》べ終《お》わったわけではありませんからね。残《のこ》りの部屋《へや》になにかてがかりがあるのかもしれません」

胃《い》の模型《もけい》に目《め》をやり、ひろし君《くん》は続《つづ》けた。

「ここに印刷《いんさつ》された数字《すうじ》がパスワードになるかもしれません。覚《おぼ》えておいたほうがよさそうですね」

「もしかして、卓郎《たくろう》と美香《みか》ちゃんが見《み》つけたっていう心臓《しんぞう》の模型《もけい》にも、同《おな》じように数字《すうじ》が印刷《いんさつ》されてたんじゃない？」

たけし君《くん》が卓郎君《たくろうくん》の顔《かお》を見《み》る。

「いや……そこまでは調《しら》べなかったけど」

「だったら、確認《かくにん》しちゃおうよ」

そう口《くち》にするなり、たけし君《くん》は部屋《へや》を飛《と》び出《だ》した。

「タケルパパの病室《びょうしつ》の向《む》かいだったよね？　オレ、ちょっと見《み》てくるから」

そのまま、廊下《ろうか》をずんずんと進《すす》んでいく。

「……あいつ、向《む》こう側《がわ》には怪物《かいぶつ》がいるってこと忘《わす》れてねえか？　きっと、すぐに顔色《かおいろ》を変《か》えて逃《に》げ帰《かえ》ってくるぞ」

卓郎君《たくろうくん》が苦笑《くしょう》する。ぼくもそうなるにちがいないと思《おも》った。

だが、そんな予想《よそう》を裏切《うらぎ》って、たけし君《くん》はすました顔《かお》でもどってきた。

「やっぱり、心臓《しんぞう》の模型《もけい》にも数字《すうじ》が印刷《いんさつ》してあったよ。５３０だ」

「……おまえ、平気《へいき》なのか？」

「え？　なにが？」

「廊下《ろうか》に怪物《かいぶつ》がいただろ？」

「え……あ、あれ？」

とたんに、たけし君《くん》は顔色《かおいろ》を変《か》えた。

「た、た、大変《たいへん》だ！」

あたりにつばをまき散《ち》らしながら、大声《おおごえ》をあげる。

「い、い、いな、いな、いななな」

「落《お》ち着《つ》いて」

クロさんがたけし君《くん》の両肩《りょうかた》をたたく。

「まずは深呼吸《しんこきゅう》をしようか？　吸《す》って……はいて……」

クロさんにいわれたとおり、たけし君《くん》は呼吸《こきゅう》をくり返《かえ》した。それで多少《たしょう》は落《お》ち着《つ》いたらしい。

胸《むね》をおさえ、息《いき》を整《ととの》えながら、たけし君《くん》は口《くち》を開《ひら》いた。

「廊下《ろうか》でねむっていたはずの怪物《かいぶつ》がどこにもいなかったんだけど――」

17 手術室《しゅじゅつしつ》の人影《ひとかげ》

ぼくたちはレントゲン室《しつ》を出《で》ると、ナースステーションの前《まえ》を通《とお》り抜《ぬ》け、さらに廊下《ろうか》を右《みぎ》に曲《ま》がった。

たけし君《くん》のいったとおり、壊《こわ》れたシャッターの手前《てまえ》でねむっていたはずの怪物《かいぶつ》が今《いま》はどこにもいない。

もう目《め》を覚《さ》ましたのか？　だとしたらいったい、どこへ行《い》ったのだろう？

からだのしんが冷《つめ》たくなった。

まさか……お父《とう》さん！

ぼくは廊下《ろうか》をかけ出《だ》した。美香《みか》ちゃんがぼくの名《な》を呼《よ》んだが、気《き》づかないふりをしてお父《とう》さんの病室《びょうしつ》へ飛《と》びこむ。

怪物《かいぶつ》におそわれたのではないかと心配《しんぱい》したが、お父《とう》さんは先《さき》ほどと同《おな》じ姿勢《しせい》で気持《きも》ちよさそうにねむっていた。

胸《むね》をなでおろす。よくよく考《かんが》えてみれば、怪物特有《かいぶつとくゆう》のあのなまぐさいにおいは、どこからもただよってこなかった。それは怪物《かいぶつ》が近《ちか》くにいないことを証明《しょうめい》している。

お父《とう》さんの病室《びょうしつ》をあとにして、もう一度周囲《いちどしゅうい》を見渡《みわた》す。廊下《ろうか》の突《つ》き当《あ》たりにあるシャッターはめちゃくちゃに破壊《はかい》されていたが、それ以外《いがい》に壊《こわ》れたところはどこも見当《みあ》たらなかった。身長三《しんちょうさん》メートル以上《いじょう》の怪物《かいぶつ》だ。壁《かべ》を壊《こわ》さなければ、ほかの部屋《へや》に入《はい》ることはできない。どこかの病室《びょうしつ》で息《いき》をひそめ、僕《ぼく》たちがやって来《く》るのを待《ま》ちかまえているとは考《かんが》えにくかった。

ということは……。

「どうやら、地下室《ちかしつ》へもどったみたいですね」

ひろし君《くん》もぼくと同《おな》じ結論《けつろん》に達《たっ》したらしい。

なんにせよ、急《いそ》がなければならない。怪物《かいぶつ》が地下室《ちかしつ》にいる間《あいだ》に、それ以外《いがい》の部屋《へや》をすべて調《しら》べておくべきだろう。

クロさんが先頭《せんとう》に立《た》ち、ぼくたちは残《のこ》りの部屋《へや》を見《み》て回《まわ》った。

レントゲン室《しつ》のとなりにはＣＴ室《しつ》、さらにそのとなりにはＭＲＩ室《しつ》と記《しる》された部屋《へや》があったが、室内《しつない》はがらんとしていて、ほとんどなにも置《お》かれていない。部屋《へや》のすみに、机《つくえ》やパイプいすが無造作《むぞうさ》に積《つ》み上《あ》げられているだけだった。

卓郎君《たくろうくん》の話《はなし》だと、以前《いぜん》はからだのあちこちを調《しら》べる高価《こうか》な医療装置《いりょうそうち》が置《お》いてあったそうだが、患者《かんじゃ》が減《へ》って装置《そうち》を維持《いじ》するお金《かね》がなくなり、二年前《にねんまえ》にすべて手放《てばな》してしまったとのこと。それらの部屋《へや》をざっと調《しら》べてみたけれど、ここにも抜《ぬ》け穴《あな》や秘密《ひみつ》のアイテムのようなものは存在《そんざい》しなかった。

最後《さいご》に残《のこ》ったのは手術室《しゅじゅつしつ》だった。

クロさんがドアに手《て》をかける。てっきりカギがかかっていると思《おも》ったのだが、ドアは簡単《かんたん》にスライドした。

手術室《しゅじゅつしつ》がなにをするところなのかは、ぼくも知《し》っている。テレビドラマでお医者《いしゃ》さんが「メス」と緊張《きんちょう》した面持《おもも》ちでしゃべっているシーンを見《み》たことがあった。ドラマの中《なか》に登場《とうじょう》するお医者《いしゃ》さんや看護師《かんごし》さんは全員《ぜんいん》、手術着《しゅじゅつぎ》のほかに帽子《ぼうし》やマスク、手袋《てぶくろ》まではめて、全身《ぜんしん》を覆《おお》っていた。雑菌《ざっきん》をばらまかないようにしているのだろう。患者《かんじゃ》さんのからだを切《き》り開《ひら》くわけだから、とくに衛生面《えいせいめん》には気《き》をつかわなければならない。

だから、あちこち歩《ある》き回《まわ》ってきたぼくたちが勝手《かって》に入《はい》ってよい場所《ばしょ》ではないと思《おも》ったのだが、クロさんはまるでためらう様子《ようす》を見《み》せず、手術室《しゅじゅつしつ》の中《なか》へと足《あし》をふみ入《い》れた。ひろし君《くん》もそのあとに続《つづ》く。

卓郎君《たくろうくん》、美香《みか》ちゃん、たけし君《くん》の三人《さんにん》はドアの前《まえ》に立《た》ち止《ど》まって、おたがいの顔《かお》を見合《みあ》わせた。

「ここって勝手《かって》に入《はい》ってもいいところなのか？」

卓郎君《たくろうくん》がいう。

「手術室《しゅじゅつしつ》って……からだを切《き》ったりするんでしょ？　ちょっとこわいんだけど」

美香《みか》ちゃんは卓郎君《たくろうくん》のうでにしがみついた。

「平気《へいき》、平気《へいき》」

めずらしいことに、たけし君《くん》だけが強気《つよき》だ。

「なんだ、みんな。手術室《しゅじゅつしつ》に入《はい》ったことないの？」

「おまえはあるのかよ？」

「オレ、三年生《さんねんせい》のとき、盲腸《もうちょう》の手術《しゅじゅつ》をしたから」

なぜか得意《とくい》げな表情《ひょうじょう》をうかべている。

「手術室《しゅじゅつしつ》なんて、全然《ぜんぜん》こわくないよ。オレの後《うし》ろについてくればいいさ」

たけし君《くん》はそういって、ドアの向《む》こう側《がわ》へと進《すす》んだ。

「ほら、ふたりとも早《はや》くおいで――うぎゃあああああっ！」

いきなり、たけし君《くん》の悲鳴《ひめい》がひびきわたった。

「え？　おい、どうしたっていうんだよ？」

卓郎君《たくろうくん》と美香《みか》ちゃんの顔色《かおいろ》が変《か》わる。ふたりの足《あし》もとをすり抜《ぬ》けて、ぼくは手術室内《しゅじゅつしつない》に飛《と》びこんだ。

想像《そうぞう》していたよりも、室内《しつない》はせまかった。テレビドラマで見《み》たような物々《ものもの》しい機械《きかい》はほとんどない。部屋《へや》の中央《ちゅうおう》に置《お》かれた手術台《しゅじゅつだい》も、診察台《しんさつだい》と区別《くべつ》がつかなかった。唯一《ゆいいつ》、天井《てんじょう》からつるされたハスの実《み》のような形《かたち》の照明器具《しょうめいきぐ》だけが異様《いよう》な存在感《そんざいかん》を放《はな》っている。

「あああああああ！」

たけし君《くん》の悲鳴《ひめい》は止《と》まらない。床《ゆか》にぺたりと座《すわ》りこんで、口《くち》をぱくぱくと動《うご》かす。

「そ、そ、その人《ひと》、だ、だれ、だれ、だれなんだよ？」

手術台《しゅじゅつだい》を指差《ゆびさ》しながら、たけし君《くん》はさけんだ。

「落《お》ち着《つ》いてください。これは人形《にんぎょう》です」

手術台《しゅじゅつだい》のそばに立《た》っていたひろし君《くん》が淡々《たんたん》と答《こた》える。

ぼくはひろし君《くん》の肩《かた》によじのぼって、手術台《しゅじゅつだい》を見下《みお》ろした。

人形《にんぎょう》が横《よこ》たわっている。お腹《なか》はなく、内臓《ないぞう》がむき出《だ》しだ。ひと目見《めみ》れば人体模型《じんたいもけい》だとわかるのだが、あわて者《もの》のたけし君《くん》はそれを本物《ほんもの》の人間《にんげん》だとかんちがいしたらしい。

人形《にんぎょう》は無表情《むひょうじょう》のまま、じっとぼくのほうを見《み》つめていた。半分割《はんぶんわ》れた頭《あたま》から、脳《のう》がはみ出《だ》している。たけし君《くん》みたいに泣《な》きわめきはしないけれど、向《む》かい合《あ》っていて、決《けっ》して気持《きも》ちのよいものではない。

「おや？　この人体模型《じんたいもけい》には胃《い》がありませんね」

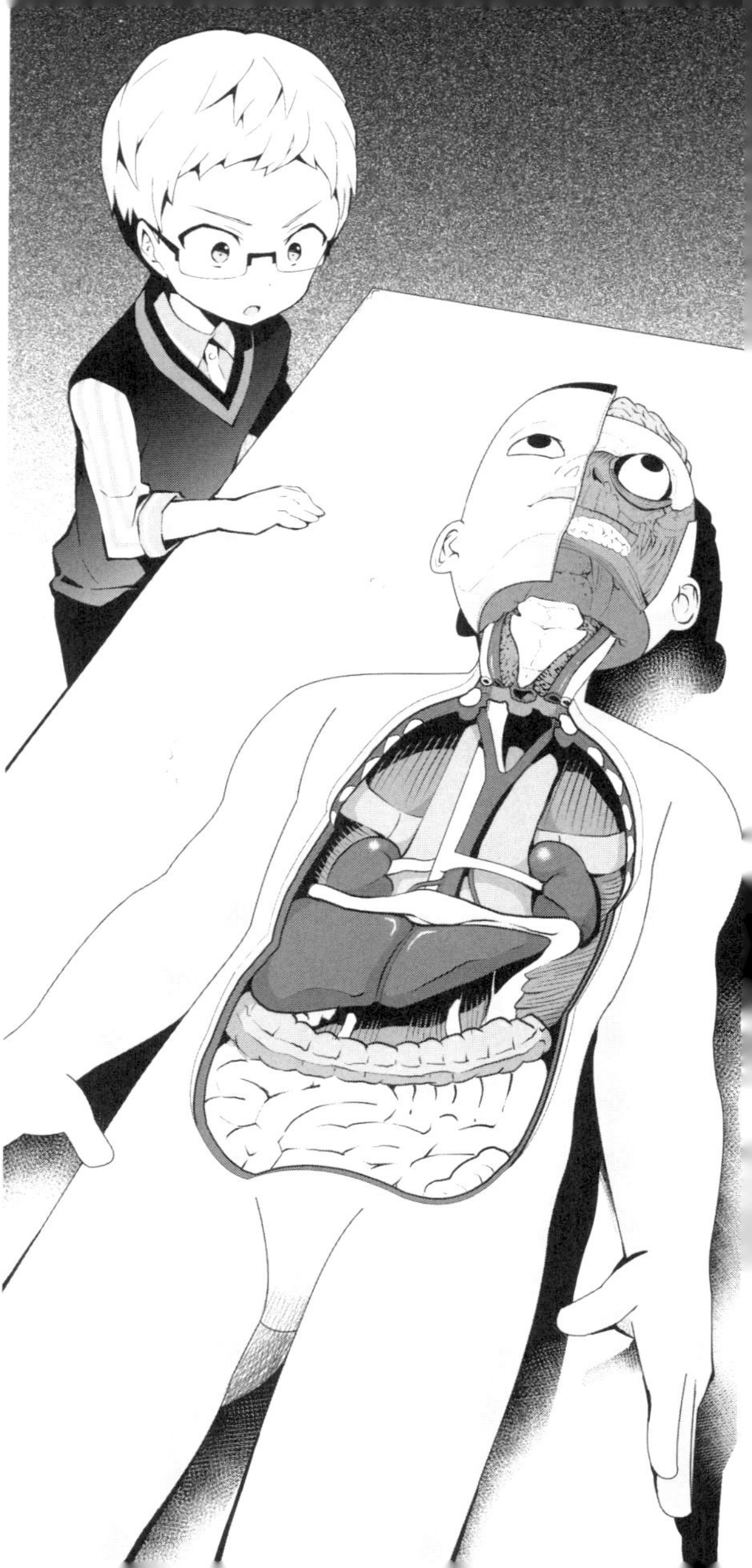

人形《にんぎょう》に顔《かお》を近《ちか》づけながら、ひろし君《くん》がいった。

「え？　ええっ？　胃《い》がないってどういうこと？　それじゃあなんにも食《た》べられないじゃん」

「人形《にんぎょう》ですから、そもそもなにも食《た》べません」

「わかってるよ、そんなこと。なんなんだよ？　どうして、そんなものが手術室《しゅじゅつしつ》に置《お》いてあるんだよ！」

「それはわかりませんが……大《おお》きさから考《かんが》えて、先《さき》ほどレントゲン室《しつ》で見《み》つけた胃《い》の模型《もけい》がここにぴったりとあてはまりそうですね」

「ってことは、心臓《しんぞう》もないんじゃねえのか？」

卓郎君《たくろうくん》の問《と》いに、ひろし君《くん》はうなずいた。

「はい。おっしゃるとおり心臓《しんぞう》もありません。卓郎君《たくろうくん》が病室《びょうしつ》で見《み》つけたという心臓《しんぞう》は、ここから抜《ぬ》き取《と》られたものなのでしょう」

ひろし君《くん》は人形《にんぎょう》のお腹《なか》に手《て》を入《い》れ、あちこち探《さぐ》り始《はじ》めた。その姿《すがた》はまるで手術《しゅじゅつ》でもしているみたいに見《み》える。

「臓器《ぞうき》はすべてとりはずしができるようです。これは肝臓《かんぞう》……これは十二指腸《じゅうにしちょう》……すべてのパーツに数字《すうじ》が印刷《いんさつ》されていますね。膵臓《すいぞう》は357……盲腸《もうちょう》は814……」

ひろし君《くん》は内臓《ないぞう》の部位《ぶい》を口《くち》にしながら、どんどん人形《にんぎょう》のからだをばらばらにしていった。声《こえ》がはずんでいるのがわかる。決《けっ》して表情《ひょうじょう》には出《だ》さないけれど、楽《たの》しんでいるのは明《あき》らかだ。

ひろし君《くん》の周《まわ》りはとりはずした内臓《ないぞう》のパーツでいっぱいになった。

「……おかしいですね。肺《はい》がどこにも見当《みあ》たりません」

両手《りょうて》に臓器《ぞうき》を持《も》ったまま、ひろし君《くん》は小首《こくび》をかしげた。

「肺《はい》――」

美香《みか》ちゃんが目《め》を見開《みひら》く。

「ねえ、ナースステーションになんだかよくわからないピンク色《いろ》のものがあったでしょ？　もしかしてあれが肺《はい》だったんじゃないの？」

カウンターの上《うえ》に置《お》いてあったタラコの化《ば》け物《もの》を思《おも》い出《だ》す。

「ああ……いわれてみれば確《たし》かに」

ひろし君《くん》はメガネをおし上《あ》げた。

「ということは、ナースステーションにも問題《もんだい》の書《か》かれたノートが置《お》いてあるのかもしれませんね」

「行《い》ってみよう」

卓郎君《たくろうくん》が部屋《へや》を飛《と》び出《だ》す。みんなもあとに続《つづ》いた。

「僕《ぼく》はもっと人体解剖《じんたいかいぼう》を続《つづ》けていたいのですが……」

右手《みぎて》に大腸《だいちょう》をにぎりしめたまま、ひろし君《くん》が残念《ざんねん》そうにつぶやく。

なにひとつ事情《じじょう》を知《し》らない人《ひと》が、今《いま》のひろし君《くん》の姿《すがた》を見《み》たならば、たぶん悲鳴《ひめい》をあげて逃《に》げ出《だ》したにちがいない。

さあ、行《い》くよ。

耳《みみ》たぶにさわって、ぼくはひろし君《くん》をうながした。

18 「肺《はい》」の問題《もんだい》

人体模型《じんたいもけい》のことをいつまでも気《き》にしているひろし君《くん》を急《せ》き立《た》てて、ぼくたちはナースステーションまでやって来《き》た。

「ひろし、見《み》つけたぞ」

卓郎君《たくろうくん》が右手《みぎて》をふる。その手《て》には〈業務日報《ぎょうむにっぽう》〉と書《か》かれたノートがにぎられていた。

「肺《はい》の模型《もけい》の下《した》に、かくすように置《お》いてあった」

ひろし君《くん》はカウンターの上《うえ》にあった肺《はい》の模型《もけい》を持《も》ち上《あ》げ、様々《さまざま》な角度《かくど》からそれをながめて、

「よくできていますね」

感心《かんしん》したようにいった。

「ノートも見《み》せていただけますか？」

「ああ」

卓郎君《たくろうくん》からノートを受《う》け取《と》り、付箋紙《ふせんし》のはられたページを開《ひら》く。付箋《ふせん》には〈Q3「肺《はい》」〉と記《しる》されていた。

ぼくはカウンターの上《うえ》に飛《と》び乗《の》って、ナースステーション内《ない》の様子《ようす》を確認《かくにん》した。三人《さんにん》の大人《おとな》は、今《いま》もまだこんこんとねむり続《つづ》けている。ぼくたちがこれだけ苦労《くろう》しているというのに、のんきなものだ。

「……ふむ」

ひろし君《くん》が小《ちい》さくうなったので、そちらに視線《しせん》をもどす。

「雑学《ざつがく》クイズですね」

ぼくは首《くび》をのばして、ノートの中身《なかみ》をのぞきこんだ。

院長先生《いんちょうせんせい》の特徴《とくちょう》ある文字《もじ》が目《め》の中《なか》に飛《と》びこんでくる。

今日《きょう》も頭《あたま》の体操《たいそう》でリフレッシュしましょう。

医療《いりょう》にたずさわる者《もの》にとっては、常識的《じょうしきてき》な問題《もんだい》ばかりです。イエス、ノーで答《こた》えてください。

まさかまちがえる人《ひと》はいませんよね？

10月14日《がつじゅうよっか》　院長《いんちょう》

1．人《ひと》の肺《はい》の表面積《ひょうめんせき》はテニスコートの半分《はんぶん》とほぼ同《おな》じ大《おお》きさである。

2. 人《ひと》の血管《けっかん》をすべてつなぎ合《あ》わせると、東京《とうきょう》―大阪間《おおさかかん》と同《おな》じ距離《きょり》になる。
3. 人《ひと》の骨《ほね》の数《かず》は生《う》まれてから死《し》ぬまで変《か》わらない。
4. 耳《みみ》と鼻《はな》は一生《いっしょう》、成長《せいちょう》し続《つづ》ける。

「なるほど」

ひろし君《くん》は小《ちい》さくつぶやくとノートを閉《と》じた。

「……わかったのか？」

卓郎君《たくろうくん》がおそるおそるといった感《かん》じでたずねる。

「はい、もちろん。院長先生《いんちょうせんせい》も書《か》いていましたが、どれも常識的《じょうしきてき》な問題《もんだい》です」

「常識的《じょうしきてき》って……それは医者《いしゃ》や看護師《かんごし》にとっての話《はなし》だろ？　小学生《しょうがくせい》にわかる問題《もんだい》じゃない」

「そうでしょうか？」

「おまえいったい、どんな頭《あたま》をしてるんだよ？」

あきれたように卓郎君《たくろうくん》はいった。

「今《いま》すぐ解剖《かいぼう》して、脳《のう》みそをのぞいてみたいくらいだ」

「それは困《こま》ります。まだしばらくは生《い》きていたいので」

いっさい表情《ひょうじょう》を変《か》えずにひろし君《くん》はそういうと、周囲《しゅうい》を見回《みまわ》して、さらに言葉《ことば》を連《つら》ねた。

「ほかに調《しら》べるところもないようですし、最後《さいご》の部屋《へや》へ向《む》かいましょうか」

「え？」

ひろし君《くん》以外《いがい》の全員《ぜんいん》が顔《かお》を見合《みあ》わせる。

「最後《さいご》の部屋《へや》ってどこだよ？」

たけし君《くん》がたずねた。

「決《き》まっているでしょう。まだ調《しら》べていない部屋《へや》がひとつだけあります」

「まさか——地下室《ちかしつ》？」

たけし君《くん》が目《め》を丸《まる》くする。

「ちょっと待《ま》てよ。冗談《じょうだん》だろ？　あそこには化《ば》け物《もの》がいるんだぞ。わざわざこっちから会《あ》いに行《い》く必要《ひつよう》なんてないって」

「しかし、このままでは先《さき》に進《すす》むことができません」

「いいじゃないか、べつに。ここで待《ま》っていれば、そのうち誰《だれ》かが助《たす》けに来《き》てくれる。そのほうが安全《あんぜん》だろ？」

「たけし君《くん》の考《かんが》えを否定《ひてい》するつもりはありません。それも選択肢《せんたくし》のひとつだと思《おも》います。しかし、それではこの病院《びょういん》のいたるところにかくされていた問題《もんだい》の意味《いみ》がわからないまま終《お》わってしまいます。業務日報《ぎょうむにっぽう》に記《しる》されていたクイズはなんのためのものなのか？　手術室《しゅじゅつしつ》に横《よこ》たわっていた人形《にんぎょう》の意味《いみ》は？　臓器《ぞうき》に印刷《いんさつ》された数字《すうじ》は？　それらがすべて解明《かいめい》されたとき、僕《ぼく》たちはここから脱出《だっしゅつ》できるのではないでしょうか？」

「おまえ、そんなこといって、ホントはただ、あの化《ば》け物《もの》のことをもっと知《し》りたいだけなんじゃないのか？」

「…………」

めずらしくひろし君《くん》が口《くち》ごもった。どうやら、図星《ずぼし》だったらしい。

「ほら、やっぱり」

たけし君《くん》はとなりにいたクロさんに泣《な》きついた。

「クロさん、あのバカ野郎《やろう》になんとかいってやってよ」

「そうだな……」

クロさんはみんなの顔《かお》を見回《みまわ》し、ためらいがちに口《くち》を開《ひら》いた。

「君《きみ》たちを危険《きけん》な目《め》にあわせるわけにはいかないと思《おも》って、これまでだまってきたけれど……正《しょう》直《じき》に話《はな》すよ。これは昨日《きのう》、院長先生《いんちょうせんせい》と雑談《ざつだん》を交《か》わしているときに聞《き》いた話《はなし》なんだけど……」

「うんうん」

たけし君《くん》が何度《なんど》もうなずく。

「この病院《びょういん》の地下室《ちかしつ》には大《おお》きな金庫《きんこ》があって、そこに重大《じゅうだい》な秘密《ひみつ》がかくされているらしいんだ。ひょっとしたら、金庫《きんこ》の中《なか》にここから脱出《だっしゅつ》するためのカギがかくされて――」

「そういうことだ！　わかったか、ひろし！　……って、え？　カギ？」

「でしたら、なおさら地下室《ちかしつ》に向《む》かう必要《ひつよう》がありますね」

「地下室《ちかしつ》……え？　ええええっ？」

たけし君《くん》は素《す》っ頓狂《とんきょう》な声《こえ》を張《は》り上《あ》げた。

「ちょ、ちょっとクロさん。なにいってるんだよ？」

「ひろし君《くん》。君《きみ》なら金庫《きんこ》を開《あ》けられるんじゃないか――そんな気《き》がしてきた。やってみるか」

クロさんの言葉《ことば》に、ひろし君《くん》は無言《むごん》でうなずいた。

「もし、またあの青《あお》いヤツがおそいかかってきたら、そのときは僕《ぼく》に任《まか》せろ。野生動物《やせいどうぶつ》のあつかいなら慣《な》れているし、まだ注射器《ちゅうしゃき》も何本《なんぼん》か残《のこ》っている。なんとかなるはずだ」

「俺《おれ》も手伝《てつだ》うぜ。運動神経《うんどうしんけい》なら、この中《なか》のだれにも負《ま》けねえからな」

「なにいってるの？　運動神経《うんどうしんけい》なら卓郎《たくろう》よりもあたし。任《まか》せておいて。ここから出《で》られるならなんだってする」

卓郎君《たくろうくん》と美香《みか》ちゃんが一歩前《いっぽまえ》に進《すす》み出《で》た。

もちろん、ぼくも戦《たたか》うよ！

ひろし君《くん》に向《む》かってそうさけんだ。

「たけし、おまえはどうするんだ？」

卓郎君《たくろうくん》がたずねた。

「みんなバカじゃないの？　化《ば》け物《もの》がいるんだぞ。そんなところへ好《す》きこのんで行《い》く必要《ひつよう》ないだろ。オレはここで待《ま》ってるよ。出口《でぐち》が見《み》つかったら教《おし》えてくれ」

「わかりました。では、たけし君《くん》はここでひとまず待機《たいき》していてください」

そう口《くち》にするなり、ひろし君《くん》は廊下《ろうか》を走《はし》り始《はじ》めた。ぼくもひろし君《くん》のあとを追《お》う。

「好《す》きにしろ。オレは絶対《ぜったい》に行《い》かないぞ」

たけし君《くん》の声《こえ》が聞《き》こえた。

「ホントに行《い》かないからな！」

次第《しだい》にトーンが高《たか》くなる。

「待《ま》て。待《ま》ってってってば。ひとりぼっちはイヤだよ。やっぱりオレも行《い》く。行《い》くってば。おーい！」

たけし君《くん》のあわてふためく声《こえ》を耳《みみ》にしながら、ぼくたちは地下室《ちかしつ》に続《つづ》く階段《かいだん》をかけ下《お》りた。

19 「心《こころ》」「胃《い》」「肺《はい》」

破壊《はかい》された壁《かべ》をくぐり抜《ぬ》け、地下室《ちかしつ》へふみこむ。

怪物《かいぶつ》の放《はな》つ悪臭《あくしゅう》が一気《いっき》におそいかかってきて、ぼくはくしゃみを三回《さんかい》くり返《かえ》した。

地下室《ちかしつ》は真《ま》っ暗《くら》だ。奥《おく》に数歩進《すうほすす》んだだけで、前《まえ》を歩《ある》くひろし君《くん》の姿《すがた》しか見《み》えなくなった。

「このにおい……たまんねえな」

卓郎君《たくろうくん》の声《こえ》が背後《はいご》から聞《き》こえてくる。

「これ……ブルーベリー色《いろ》の巨人《きょじん》のにおいだよね？　やっぱり、ここにいるってこと？」

美香《みか》ちゃんの声《こえ》は緊張《きんちょう》でふるえていた。

「ああ、たぶんな。みんな、気《き》をつけろよ」

そういわれても、奥《おく》に行《い》けば行《い》くほど闇《やみ》は深《ふか》くなり、ついには自分《じぶん》のあしさえも確認《かくにん》できなくなってしまった。これではなにに気《き》をつければいいかさえわからない。

「待《ま》って。今《いま》、明《あ》かりをつけるから」

右《みぎ》のほうからクロさんの声《こえ》が届《とど》き、懐中電灯《かいちゅうでんとう》の明《あ》かりが灯《とも》った。みんなの不安《ふあん》そうな顔《かお》が闇《やみ》の中《なか》にうかびあがる。

「あれ、たけし君《くん》は？」

クロさんが懐中電灯《かいちゅうでんとう》を左右《さゆう》に動《うご》かす。その中《なか》にたけし君《くん》の姿《すがた》が見《み》つからない。

「あいつならあそこに」

わずかに光《ひかり》がもれている地下室《ちかしつ》の入口《いりぐち》を、卓郎君《たくろうくん》が指《さ》し示《しめ》した。

「……オレ、ここで待《ま》ってるから」

たけし君《くん》が気《き》まずそうな表情《ひょうじょう》をうかべる。無理強《むりじ》いはできない。ここまでついてきただけでもたいしたものだ。

「それにしても細長《ほそなが》い部屋《へや》だな」

懐中電灯《かいちゅうでんとう》を動《うご》かしながらクロさんがつぶやいた。

部屋《へや》の幅《はば》は三《さん》メートルほどしかなかったが、奥行《おくゆ》きはかなりありそうだ。相当歩《そうとうある》いたはずなのに、まだ突《つ》き当《あ》たりまで到達《とうたつ》しない。天井《てんじょう》もずいぶんと高《たか》い位置《いち》にあった。

壁《かべ》ぞいには簡易《かんい》ベッドが何台《なんだい》も並《なら》べられている。薬《くすり》の瓶《びん》やタオルを積《つ》んだワゴンもいくつか見《み》つかった。

「以前《いぜん》はここも病棟《びょうとう》として使《つか》われていたのでしょうか？」

「そうかもしれないね」

ひろし君《くん》の問《と》いにクロさんは答《こた》えた。

「太陽《たいよう》の光《ひかり》がまったく射《さ》しこまないこんな暗《くら》い場所《ばしょ》に病人《びょうにん》を閉《と》じこめていたの？　なんで？」

美香《みか》ちゃんが眉《まゆ》をひそめる。

「結核《けっかく》って知《し》っているかい？　今《いま》は治療《ちりょう》すれば治《なお》る病気《びょうき》なんだけど、昔《むかし》は国《くに》を亡《ほろ》ぼす病気《びょうき》――亡《ぼう》国病《こくびょう》と呼《よ》ばれるくらい死者《ししゃ》がたくさん出《で》てね。それ以上患者《いじょうかんじゃ》が増《ふ》えないようにするため、結核《けっかく》にかかった人《ひと》は隔離《かくり》されることが多《おお》かったんだ。たぶん、ここもそういう場所《ばしょ》だったんじゃないのかな」

「それって大昔《おおむかし》――私《わたし》たちのおばあちゃんたちが子供《こども》のころとか、それよりも前《まえ》の話《はなし》でしょう？　でも、ここは今《いま》もまだ使《つか》われてるみたいだけど……」

「しっ――静《しず》かに」

クロさんが顔《かお》の前《まえ》に人差《ひとさ》し指《ゆび》を立《た》てた。どこからか寝息《ねいき》のような音《おと》が聞《き》こえてくる。

「……あいつだ」

卓郎君《たくろうくん》がささやいた。

「どこにいる？」

「おそらく、薬《くすり》の効《き》き目《め》がまだ完全《かんぜん》には解《と》けていないんだろうね。今《いま》のうちなら大丈夫《だいじょうぶ》だ。院長《いんちょう》先生《せんせい》の話《はな》していた金庫《きんこ》を探《さが》そう」

怪物《かいぶつ》が目《め》を覚《さ》ましたら厄介《やっかい》だ。ぼくたちは足音《あしおと》を立《た》てないように気《き》をつけながら、さらに奥《おく》へと進《すす》んだ。

ようやく突《つ》き当《あ》たりまでやって来《く》る。壁《かべ》に大《おお》きな金庫《きんこ》が埋《う》めこまれていた。美香《みか》ちゃんの背丈《せたけ》ほどの大《おお》きさがあり、金庫《きんこ》というよりも冷蔵庫《れいぞうこ》みたいだ。

「これだ！」

クロさんの声《こえ》ははずんでいた。

「とびらにテンキーが設置《せっち》されてる。四《よん》けたの数字《すうじ》を打《う》ちこめば開《ひら》くようだ」

「数字《すうじ》って……人体模型《じんたいもけい》に印刷《いんさつ》された数字《すうじ》が関係《かんけい》してるのかな？」

卓郎君《たくろうくん》が首《くび》をかしげる。

「ああ——君《きみ》のいうとおりみたいだな。ここになにか書《か》いてある」

クロさんは金庫《きんこ》の横《よこ》の壁《かべ》を照《て》らした。そこには黒《くろ》いペンキで落書《らくが》きのようなものがえがかれている。

「このイラストって、心臓《しんぞう》と胃《い》と……それから肺《はい》だよね？」

落書《らくが》きを見《み》つめながら美香《みか》ちゃんはいった。

「心臓《しんぞう》＋胃《い》＋肺《はい》……もしかしてこの答《こた》えが金庫《きんこ》の暗証番号《あんしょうばんごう》なのかな？」

「なんだ、簡単《かんたん》じゃねえか」

卓郎君《たくろうくん》の表情《ひょうじょう》がぱっと明《あか》るくなった。

「臓器《ぞうき》に印刷《いんさつ》してあった数字《すうじ》を足《た》していけばいいんじゃねえのか？　えーと、確《たし》か心臓《しんぞう》の数字《すうじ》は——」

「530」

美香《みか》ちゃんが答《こた》える。

「おまえ、よく覚《おぼ》えてたな」

「お母《かあ》さんの誕生日《たんじょうび》とたまたま同《おな》じだったから。でも、胃《い》はいくつか忘《わす》れちゃったよ。肺《はい》の模型《もけい》に印刷《いんさつ》されてる数字《すうじ》は確認《かくにん》すらしなかったし……」

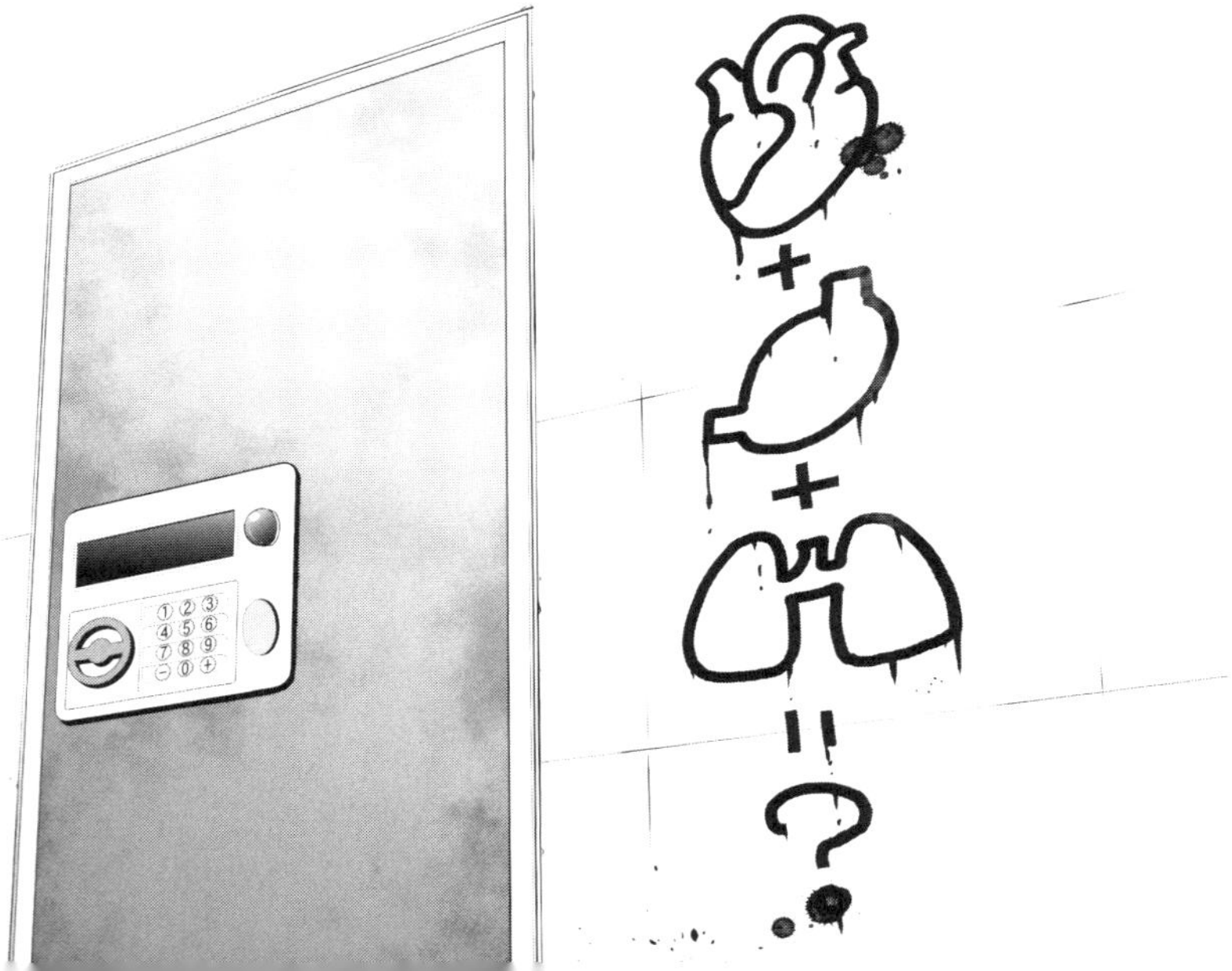

「大丈夫《だいじょうぶ》です。目《め》にした数字《すうじ》はすべて記憶《きおく》していますので」

すました表情《ひょうじょう》で、ひろし君《くん》はとんでもないことをいってのけた。

「え、うそだろう？」

クロさんが目《め》を丸《まる》くする。

「胃《い》は982、肺《はい》は4でした」

「さすがだな」

卓郎君《たくろうくん》がにやりと笑《わら》う。

おどろいているのはクロさんだけだ。ひろし君《くん》の超人《ちょうじん》ぶりを、ぼくたちは何度《なんど》も目《ま》の当《あ》たりにしている。もはや、これくらいのことではおどろかなくなってしまっていた。

「三《みっ》つの数字《すうじ》の合計《ごうけい》は1516になります」

「よし、入力《にゅうりょく》してみよう」

ひろし君《くん》が暗算《あんざん》した数字《すうじ》をすんなり信《しん》じ、卓郎君《たくろうくん》はテンキーを操作《そうさ》した。液晶画面《えきしょうがめん》に〈1516〉と表示《ひょうじ》される。続《つづ》けてエンターキーをおしたが、金庫《きんこ》のとびらは開《ひら》かなかった。画面《がめん》に〈ERROR《エラー》〉の文字《もじ》がうかびあがる。

「ひろし、開《あ》かねえぞ」

卓郎君《たくろうくん》は不満《ふまん》そうにくちびるをとがらせた。

「まさかとは思《おも》うけど、おまえの暗記《あんき》した数字《すうじ》か暗算《あんざん》、まちがってたんじゃねえのか？」

「数字《すうじ》は合《あ》っています。おそらく計算方法《けいさんほうほう》がまちがっているのでしょう。壁《かべ》にえがかれた臓器《ぞうき》の数字《すうじ》を足《た》して打《う》ちこむだけでよいのであれば、これまで解《と》いてきたクイズがなんの意味《いみ》も持《も》たなくなります。三《みっ》つのクイズにはそれぞれタイトルがついていましたよね？『心《こころ》』、『胃《い》』、『肺《はい》』――それぞれの問題《もんだい》から導《みちび》き出《だ》された解答《かいとう》を数字《すうじ》に変換《へんかん》しなければいけないのではないでしょうか？」

「どういうことだ？」

「卓郎君《たくろうくん》。病室《びょうしつ》で見《み》つけた『心《こころ》』の問題《もんだい》の答《こた》えを教《おし》えてください」

「花瓶《かびん》を割《わ》ったのは誰《だれ》かって問題《もんだい》か？　犯人《はんにん》は井上《いのうえ》だ」

「つまり、井上《いのうえ》を数字《すうじ》に変換《へんかん》すればよいわけです」

「井上《いのうえ》を数字《すうじ》に？　おまえがなにをいってるのか俺《おれ》にはさっぱりわかんねえんだけど」

「井上《いのうえ》――いのうえ――胃《い》の上《うえ》ですよ」

ひろし君《くん》は真顔《まがお》で答《こた》えた。

「手術室《しゅじゅつしつ》にあった人体模型《じんたいもけい》を思《おも》い出《だ》してみてください。胃《い》の上《うえ》にはなにがありましたか？」

「食道《しょくどう》」

美香《みか》ちゃんが答《こた》える。

「正解《せいかい》です。人体模型《じんたいもけい》の食道《しょくどう》も、ほかのパーツと同《おな》じようにとりはずすことができました。そこに印刷《いんさつ》されていた数字《すうじ》は249でした」

ひろし君以外《くんいがい》の三人《さんにん》は、あっけにとられた表情《ひょうじょう》をうかべていた。

「『胃《い》』の問題《もんだい》の正解《せいかい》は干支《えと》――十二支《じゅうにし》です。十二指腸《じゅうにしちょう》という臓器《ぞうき》をご存《ぞん》じですか？　そこに印《いん》刷《さつ》されていた数字《すうじ》は574でした」

「すごいぞ、ひろし君《くん》！」

クロさんが歓喜《かんき》の声《こえ》をあげた。

「ありがとうございます。しかし残念《ざんねん》ながら、僕《ぼく》にわかるのはここまでです。『肺《はい》』の問題《もんだい》はイエス、ノーで答《こた》えなければなりません。イエスが〈はい〉――肺《はい》であることはわかったのですが、ノーのほうが……」

「脳《のう》じゃないの？」

「……はい？」

美香《みか》ちゃんの言葉《ことば》に、ひろし君《くん》は不思議《ふしぎ》そうにきき返《かえ》した。

「ノーだから脳《のう》。ほら、人体模型《じんたいもけい》は脳《のう》も丸見《まるみ》えになっていたじゃない。脳《のう》に印刷《いんさつ》してあった数字《すうじ》を入力《にゅうりょく》すれば――」

「ああ、なるほど確《たし》かに」

ひろし君《くん》は感心《かんしん》したように何度《なんど》もうなずいた。

「ノーだから脳《のう》。あまりにも単純《たんじゅん》すぎて、逆《ぎゃく》に思《おも》いつくことができませんでした。ここまで単純《たんじゅん》に物事《ものごと》を考《かんが》えられるとは。美香《みか》さん、すばらしい才能《さいのう》です」

「……どうもありがとう」

美香《みか》ちゃんは複雑《ふくざつ》な表情《ひょうじょう》をうかべている。単純《たんじゅん》、単純《たんじゅん》と連呼《れんこ》されてもあまりうれしくはないだろう。

「脳《のう》に書《か》いてある数字《すうじ》もたぶん、ひとけたなんじゃねえか？　イエス、ノーで答《こた》える問題《もんだい》は全部《ぜんぶ》で四問《よんもん》だから、それらを並《なら》べたら四《よん》けたの数字《すうじ》ができあがるっていうわけだ」

「おそらくそういうことなのでしょうね」

「よし！　だったら、これで金庫《きんこ》の暗証番号《あんしょうばんごう》を打《う》ちこめるじゃねえか」

「それが……」

ひろし君《くん》は表情《ひょうじょう》を曇《くも》らせた。

「……すみません。お腹《なか》の中《なか》の臓器《ぞうき》ばかり気《き》になってしまい、まさか脳《のう》にも番号《ばんごう》がふってあるとは思《おも》いもしませんでした」

「脳《のう》の数字《すうじ》は見《み》てねえのか？」

「はい……」

いつも完璧《かんぺき》なひろし君《くん》にしてはめずらしい失態《しったい》だ。

「ちょっと待《ま》ってろ。今《いま》から手術室《しゅじゅつしつ》へもどって確認《かくにん》してくるから」

卓郎君《たくろうくん》はそう告《つ》げると、ぼくたちに背《せ》を向《む》けて暗闇《くらやみ》の中《なか》を走《はし》り始《はじ》めた。

「気《き》をつけて。すぐ近《ちか》くにあいつがいる。もしふみつけでもしたら――」


ぶおおおおおおっ！


クロさんが忠告《ちゅうこく》するよりも早《はや》く、怪物《かいぶつ》のおたけびが室内《しつない》にこだました。鼓膜《こまく》がびりびりとふるえる。あまりの騒音《そうおん》に部屋《へや》全体《ぜんたい》が大《おお》きくゆれた。

「うわあっ！」

ものすごい勢《いきお》いで卓郎君《たくろうくん》が吹《ふ》っ飛《と》んでくる。とっさに、クロさんがそのからだを受《う》け止《と》めた。

「大丈夫《だいじょうぶ》かい？」

「あ……はい」

卓郎君《たくろうくん》は力《ちから》なくうなずいた。もし壁《かべ》に激突《げきとつ》していたら、大《おお》けがをしていただろう。

「すみません……俺《おれ》、怪物《かいぶつ》のあしを思《おも》いきりふんづけちまったみたいで……」

黒《くろ》く巨大《きょだい》な影《かげ》がぼくたちの目《め》と鼻《はな》の先《さき》をかすめた。クロさんがそちらに懐中電灯《かいちゅうでんとう》を向《む》ける。

わずか一《いち》メートルほどの距離《きょり》に怪物《かいぶつ》は立《た》っていた。ぼくたちを見下《みお》ろし、にたりとうすす気味悪《きみわる》い笑《え》みをうかべる。

すきを見《み》て、怪物《かいぶつ》の横《よこ》をすり抜《ぬ》けようとしたが、向《む》こうのほうが一枚上手《いちまいうわて》だった。うでを乱暴《らんぼう》にふり回《まわ》し、天井《てんじょう》や壁《かべ》を破壊《はかい》する。

部屋全体《へやぜんたい》が激《はげ》しくゆれた。天井《てんじょう》からガラスの割《わ》れる音《おと》がうっすらと聞《き》こえてくる。どうやら、上《うえ》の階《かい》にまで振動《しんどう》が伝《つた》わっているらしい。とんだバカ力《ぢから》だ。

「あたしたち、どうなっちゃうの？」

美香《みか》ちゃんがおびえた声《こえ》をもらした。

「金庫《きんこ》が開《ひら》けば、中《なか》に逃《に》げこむこともできるのですが……」

「でも、暗証番号《あんしょうばんごう》が――」

「たけし！」

卓郎君《たくろうくん》が大声《おおごえ》をあげた。

「聞《き》こえるか、たけし？」

「なに？　すごい音《おと》がしたけど……なにがあったの？」

入口《いりぐち》のほうからたけし君《くん》の声《こえ》が聞《き》こえた。

「今《いま》すぐ手術室《しゅじゅつしつ》へ走《はし》れ！　人体模型《じんたいもけい》の脳《のう》みそに印刷《いんさつ》されている数字《すうじ》を確認《かくにん》してきてほしいんだ！」

「人体模型《じんたいもけい》の脳《のう》みそ……どうして？」

「説明《せつめい》してる暇《ひま》はねえよ。急《いそ》げ！」

「あ……うん、わかった」

あたふたと階段《かいだん》を上《のぼ》っていく足音《あしおと》がかすかに耳《みみ》に届《とど》いた。


ぶおおおおおっ！

怪物《かいぶつ》はひどく興奮《こうふん》していた。耳《みみ》のあたりまでさけた口《くち》から鋭《するど》い牙《きば》が見《み》えかくれする。いつぼくたちにおそいかかってきてもおかしくなかった。

「こうなったらもう一度《いちど》、薬《くすり》を打《う》つしかないな」

ショルダーバッグを探《さぐ》りながら、クロさんがいった。

「右側《みぎがわ》からこっそり近《ちか》づいて、あいつの足《あし》に針《はり》をさす。静脈《じょうみゃく》に注射《ちゅうしゃ》をすることは難《むずか》しいから、数《かず》で勝負《しょうぶ》だ。今持《いまも》っている注射《ちゅうしゃ》をすべて打《う》つことができれば、なんとかなるかもしれない。君《きみ》たちは左側《ひだりがわ》から怪物《かいぶつ》の気《き》を引《ひ》いてくれるかい？」

いい加減《かげん》な作戦《さくせん》だったが、迷《まよ》っている時間《じかん》もない。クロさんの言葉《ことば》に従《したが》い、ぼくたちは一《いち》か八《ばち》かの勝負《しょうぶ》に出《で》ることにした。

壁《かべ》ぞいを左方向《ひだりほうこう》に移動《いどう》し、ありったけの大声《おおごえ》でほえる。一瞬《いっしゅん》、怪物《かいぶつ》がびくりと全身《ぜんしん》をふるわせるのがわかった。からだはこれまで出会《であ》ったどの怪物《かいぶつ》よりも大《おお》きいが、それでも犬《いぬ》が苦手《にがて》という習性《しゅうせい》は変《か》わらないようだ。

「おい、化《ば》け物《もの》！　こっちを見《み》ろ！」

ぼくの横《よこ》で卓郎君《たくろうくん》がさけんだ。怪物《かいぶつ》がぼくたちのほうへ顔《かお》を向《む》ける。そのすきをねらって、クロさんは怪物《かいぶつ》の左足《ひだりあし》へと近《ちか》づいた。注射器《ちゅうしゃき》を素早《すばや》く、足《あし》の甲《こう》に突《つ》きさす。


ぶおおおおおおっ！

この世《よ》のものとは思《おも》えぬ恐《おそ》ろしいおたけびをあげ、怪物《かいぶつ》は左足《ひだりあし》を動《うご》かした。手《て》の指《ゆび》に注射《ちゅうしゃ》したときはほとんど反応《はんのう》がなかったのに、足《あし》の甲《こう》はずいぶんと敏感《びんかん》なようだ。

バランスをくずしたクロさんが、その場《ば》にあおむけにたおれこんだ。怪物《かいぶつ》は左足《ひだりあし》を持《も》ち上《あ》げ、クロさんをふみつけようとする。

いけない！　このままだとクロさんがつぶされてしまう！

ぼくはとっさにジャンプを決《き》め、怪物《かいぶつ》の鼻《はな》にかみついた。

突然《とつぜん》のぼくの攻撃《こうげき》に戸惑《とまど》ったのか、怪物《かいぶつ》の動《うご》きが一瞬《いっしゅん》止《と》まった。美香《みか》ちゃんが小学生《しょうがくせい》とは思《おも》えない足《あし》の速《はや》さでクロさんのもとへとかけ寄《よ》る。クロさんを助《たす》け起《お》こし、素早《すばや》く部屋《へや》のすみ

へと移動《いどう》した。あそこまで逃《に》げればもう大丈夫《だいじょうぶ》だろう。

ぼくはありったけの力《ちから》をこめ、二本《にほん》の牙《きば》を怪物《かいぶつ》の青《あお》いひふに食《く》いこませた。


ぶおおおおおおっ！

怪物《かいぶつ》のさけび声《ごえ》がいっそう大《おお》きくなる。その衝撃《しょうげき》だけで、地下室全体《ちかしつぜんたい》がゆれた。

おおおおおおおおっ！


さけび声《ごえ》は止《と》まらない。怒《いか》りの感情《かんじょう》がびりびりとこちらまで伝《つた》わってくる。

「タケル君《くん》、危《あぶ》ないっ！」

ひろし君《くん》の声《こえ》が聞《き》こえた。怪物《かいぶつ》の手《て》のひらがものすごい勢《いきお》いでぼくの頭上《ずじょう》に迫《せま》る。ぼくをたたきつぶすつもりなのだろう。

そうはさせるものか。

ぼくは牙《きば》を引《ひ》き抜《ぬ》くと、素早《すばや》く床《ゆか》に飛《と》び下《お》りた。

からだが大《おお》きい分《ぶん》、機敏《きびん》に動《うご》くことは苦手《にがて》らしい。怪物《かいぶつ》はぼくの動《うご》きについてくることができず、そのまま自分《じぶん》の鼻《はな》を思《おも》いきりたたいた。

よほど痛《いた》かったのだろう。うめき声《ごえ》をもらしながら、その場《ば》にうずくまる。このすきに逃《に》げ出《だ》せるかとも思《おも》ったが、そこまであまくはなかった。

怪物《かいぶつ》はうずくまったまま、手《て》だけを横《よこ》にのばしている。攻撃《こうげき》してくる様子《ようす》はないが、逃《に》げ道《みち》をふさがれた形《かたち》だ。これではどうすることもできない。

どうにも身動《みうご》きがとれず、困《こま》り果《は》てたそのとき――

「……みんな、大丈夫《だいじょうぶ》なの？」

入口《いりぐち》のほうからハルナ先生《せんせい》の声《こえ》が聞《き》こえた。

20 地下病棟《ちかびょうとう》の秘密《ひみつ》

「先生《せんせい》！」

真《ま》っ先《さき》にさけんだのは美香《みか》ちゃんだった。

「やっと目《め》が覚《さ》めたんですね？」

「ええ――なにがなんだかさっぱりわからないんだけれど……」

「手術室《しゅじゅつしつ》の前《まえ》でオレとはち合《あ》わせしたんだ」

たけし君《くん》の声《こえ》がひびく。

ハルナ先生《せんせい》が現《あらわ》れたとたん、なぜか怪物《かいぶつ》はおとなしくなった。うつむいたまま、微動《びどう》だにしない。いったい、どうしたというのだろう？

「たけし。数字《すうじ》はわかったか？」

「うん。脳《のう》みそに印刷《いんさつ》してあった数字《すうじ》は６だ」

「ありがとうございます」

たけし君《くん》に礼《れい》を述《の》べたあと、ひろし君《くん》は金庫《きんこ》と向《む》かい合《あ》った。

「イエス――はい――肺《はい》は4、ノー――脳《のう》は6、『肺《はい》』の問題《もんだい》の正解《せいかい》はイエス、ノー、ノー、イエスの順番《じゅんばん》でしたから、導《みちび》き出《だ》される数字《すうじ》は4664です。これに食道《しょくどう》の249と十二《じゅうに》指腸《しちょう》の574を足《た》せば――」

〈5487〉と入力《にゅうりょく》すると、ランプが緑色《みどりいろ》に光《ひか》り、金庫《きんこ》のとびらは自動的《じどうてき》に開《ひら》いた。クロさんが懐中電灯《かいちゅうでんとう》で金庫《きんこ》の中身《なかみ》を照《て》らす。

人《ひと》がかくれられるくらいの巨大《きょだい》な金庫《きんこ》だ。いったいどんなものが保管《ほかん》されているのかと期待《きたい》したが、そこにしまわれていたのは小《ちい》さな手提《てさ》げ金庫《きんこ》ひとつだけだった。

「……金庫《きんこ》の中《なか》に金庫《きんこ》？」

手提《てさ》げ金庫《きんこ》を取《と》り出《だ》しながら、クロさんは首《くび》をかしげた。

「すぐに開《あ》けてください。ここから脱出《だっしゅつ》するための手《て》がかりがかくされているにちがいありません」

「それがダメなんだ。この金庫《きんこ》もロックされている」

「大丈夫《だいじょうぶ》です。なんとかなります」

ひろし君《くん》はクロさんの手《て》から強引《ごういん》に金庫《きんこ》をうばいとると、首《くび》にかけていた聴診器《ちょうしんき》をそれにおし当《あ》てた。

「なにをするつもりなんだい？」

「この金庫《きんこ》はダイヤル式《しき》です。ここにある丸《まる》いつまみを暗証番号《あんしょうばんごう》に合《あ》わせて右《みぎ》、左《ひだり》に回《まわ》すことでロックが解除《かいじょ》されます」

「だけど、暗証番号《あんしょうばんごう》がわからなくちゃ、開《あ》けられないだろう？」

「ダイヤル式《しき》のカギというのは、一部分《いちぶぶん》の欠《か》けた円盤《えんばん》が何枚《なんまい》も重《かさ》なっていて、その欠《か》けた部分《ぶぶん》がすべて開錠位置《かいじょういち》に固定《こてい》されたとき、ロックが解除《かいじょ》される仕組《しく》みになっています。自転車《じてんしゃ》のチェーンキーを思《おも》い出《だ》していただければわかりやすいかと思《おも》いますが」

ダイヤルを回《まわ》しながら、ひろし君《くん》は続《つづ》けた。

「円盤《えんばん》の欠《か》けた部分《ぶぶん》が開錠部分《かいじょうぶぶん》と重《かさ》なったときには、ほんの少《すこ》しだけちがう音《おと》がします。その音《おと》を聴診器《ちょうしんき》で聞《き》き分《わ》ければ、暗証番号《あんしょうばんごう》を知《し》らなくてもロックを解除《かいじょ》できるわけです。——ほら、開《あ》きました」

ひろし君《くん》の言葉《ことば》どおり、金庫《きんこ》はあっけなく開《あ》いた。

「…………」

クロさんは口《くち》を半開《はんびら》きにしたまま固《かた》まっている。

金庫《きんこ》の中《なか》にはファイルのようなものが収《おさ》められていた。

「……これは患者《かんじゃ》さんのカルテですね」

中身《なかみ》を取《と》り出《だ》し、ひろし君《くん》がいう。

「ずいぶんと古《ふる》いものです。入院《にゅういん》したのは今《いま》から二十年前《にじゅうねんまえ》——当時碧奥小学校《とうじへきおしょうがっこう》に通《かよ》っていた九歳《きゅうさい》の女《おんな》の子《こ》、オグラユズキさんのカルテです」

オグラユズキ。

その名前《なまえ》に怪物《かいぶつ》が反応《はんのう》を示《しめ》した。顔《かお》を上《あ》げ、うつろな目《め》でこちらを見《み》つめてくる。

「……ユズキ？」

ハルナ先生《せんせい》の声《こえ》が聞《き》こえた。

「ねえ。今《いま》、オグラユズキっていわなかった？」

「はい」

「どうして、私《わたし》の友達《ともだち》の名前《なまえ》を知《し》っているの？」

中庭《なかにわ》でハルナ先生《せんせい》が話《はな》してくれた小学生時代《しょうがくせいじだい》の出来事《できごと》を思《おも》い出《だ》す。この病院《びょういん》に入院《にゅういん》したあと、先生《せんせい》にさよならもいわずひっこしていった女《おんな》の子《こ》の話《はなし》だ。確《たし》か、ユズキという名前《なまえ》だったはず。

ひろし君《くん》の後《うし》ろから、ぼくはカルテをのぞきこんだ。特徴《とくちょう》ある角張《かくば》った筆跡《ひっせき》は院長先生《いんちょうせんせい》のものでまちがいない。

カルテに目《め》を通《とお》す。そこには衝撃的《しょうげきてき》な事実《じじつ》が記《しる》されていた。漢字《かんじ》はあまり読《よ》めなかったけれど、それでも大体《だいたい》のことはわかった。

「ハルナ先生《せんせい》」

カルテから顔《かお》を上《あ》げ、ひろし君《くん》はいった。

「オグラユズキさんは今《いま》、僕《ぼく》たちの目《め》の前《まえ》にいます」

「……え」

戸惑《とまど》った声《こえ》が聞《き》こえてくる。

「カルテにはこう書《か》かれています。『オグラユズキ、九歳《きゅうさい》。青《あお》い小《ちい》さな虫《むし》をあやまって飲《の》みこんだ直後《ちょくご》から、高熱《こうねつ》が続《つづ》いて入院《にゅういん》。解熱剤《げねつざい》を投与《とうよ》しても熱《ねつ》は下《さ》がらず。入院十日目《にゅういんとおかめ》、からだに異変《いへん》が起《お》こる。肌《はだ》が青《あお》く染《そ》まり、全身《ぜんしん》の筋肉《きんにく》が肥大《ひだい》。体毛《たいもう》もすべて抜《ぬ》け落《お》ちて容姿《ようし》が変貌《へんぼう》した。原因《げんいん》は不明《ふめい》。治療《ちりょう》も不可能《ふかのう》。次第《しだい》に狂暴化《きょうぼうか》して手《て》に負《お》えなくなったため、地下病棟《ちかびょうとう》に隔離《かくり》』……」

「ひろし君《くん》……あなた、なにをいっているの？　確《たし》かに二十年前《にじゅうねんまえ》、ユズキちゃんはここへ入院《にゅういん》したけれど、すぐに退院《たいいん》して遠《とお》くの町《まち》へひっこしていったわ」

「退院《たいいん》したあと、彼女《かのじょ》に会《あ》いましたか？」

「それは……急《きゅう》にひっこしていったから会《あ》えずじまいだったけど……」

「ユズキさんの病気《びょうき》のことや彼女《かのじょ》が地下病棟《ちかびょうとう》に隔離《かくり》されたことが世間《せけん》に知《し》れたら大《おお》さわぎになります。その事実《じじつ》をかくすため、ユズキさんの両親《りょうしん》はこの病院《びょういん》の院長先生《いんちょうせんせい》と相談《そうだん》して、ひっこしという手段《しゅだん》をとったのではないでしょうか？　といっても、ユズキさんはひっこしていません。二十年間《にじゅうねんかん》ずっと、ここに閉《と》じこめられていたのです」

「そんな……まさか……」

「先日《せんじつ》、碧奥小学校《へきおしょうがっこう》で僕《ぼく》たちにおそいかかってきた巨大生物《きょだいせいぶつ》を覚《おぼ》えていますか？　その正体《しょうたい》は二《に》十年前《じゅうねんまえ》に学校《がっこう》で飼《か》われていたウサギでした。おそらく、あのウサギと同《おな》じことがユズキさんの身《み》にも起《お》こったのではないでしょうか？」

「…………」

しばらくの間《あいだ》、沈黙《ちんもく》の時間《じかん》が続《つづ》いた。

「ユズキ……本当《ほんとう》にユズキなの？」

ハルナ先生《せんせい》がゆっくりとこちらに近《ちか》づいてくる。怪物《かいぶつ》は首《くび》を回《まわ》して、先生《せんせい》のほうへ視線《しせん》を向《む》けた。

「ねえ、ユズキ。私《わたし》のことがわかる？　ハルナだよ」

グ……グウ……

怪物《かいぶつ》が声《こえ》をもらした。これまでのような狂暴《きょうぼう》なさけび声《ごえ》ではない。ハルナ先生《せんせい》になにかを語《かた》りかけているようにも聞《き》こえる。

怪物《かいぶつ》は僕《ぼく》たちに背中《せなか》を向《む》けた。

「今《いま》のうちだ。逃《に》げるぞ」

クロさんがさけぶ。

ぼくたちは怪物《かいぶつ》の横《よこ》をすり抜《ぬ》けて、地下室《ちかしつ》の入口《いりぐち》へと向《む》かった。

「先生《せんせい》も早《はや》く！」

クロさんがハルナ先生《せんせい》のうでを強引《ごういん》につかんだ。そのまま、一気《いっき》に地下室《ちかしつ》を脱出《だっしゅつ》し、階段《かいだん》をかけ上《あ》がる。

ようやく地下室《ちかしつ》から逃《に》げ出《だ》すことができた、と胸《むね》をなでおろしたのもつかの間《ま》、

「……なにこれ？」

目《め》の前《まえ》の光景《こうけい》に、ぼくたちは愕然《がくぜん》とするしかなかった。

廊下《ろうか》が炎《ほのお》に包《つつ》まれている。目《め》を覚《さ》ました院長先生《いんちょうせんせい》と二名《にめい》の看護師《かんごし》が懸命《けんめい》に消火活動《しょうかかつどう》にあたっていたが、火《ひ》の勢《いきお》いはまったく弱《よわ》まらない。

火元《ひもと》は薬品管理室《やくひんかんりしつ》のようだ。

——あの部屋《へや》には発火性《はっかせい》の薬品《やくひん》が並《なら》べてあるから近《ちか》づかないほうがいい。うっかり瓶《びん》を割《わ》ったりしたら、火事《かじ》になっちゃうからね。

クロさんの言葉《ことば》を思《おも》い出《だ》す。

地下室《ちかしつ》で怪物《かいぶつ》が激《はげ》しく暴《あば》れ出《だ》したとき、頭上《ずじょう》でガラスの割《わ》れるような音《おと》がかすかに聞《き》こえた。

おそらくあのとき、薬品棚《やくひんだな》がたおれて出火《しゅっか》したにちがいない。

真《ま》っ赤《か》な炎《ほのお》は悪意《あくい》を持《も》った猛獣《もうじゅう》となって、ぼくたちにおそいかかってきた。いや、猛獣《もうじゅう》ならまだ、なんとかして立《た》ち向《む》かうこともできただろう。にらみつけても、牙《きば》をむき出《だ》しにしても、炎《ほのお》はひるむことがなかった。

どう考《かんが》えても、ぼくらに勝《か》ち目《め》はなさそうだ。院長先生《いんちょうせんせい》たちが手《て》にした消火器《しょうかき》も、まったく役《やく》に立《た》っていない。

炎《ほのお》にあぶられたせいなのか、天井《てんじょう》の蛍光灯《けいこうとう》が音《おと》を立《た》てて破裂《はれつ》した。ガラスの破片《はへん》があたりに散《ち》らばる。

「……いったい、なにが起《お》こってるんだ？」

病室《びょうしつ》から寝《ね》ぼけまなこのお父《とう》さんが現《あらわ》れた。ぼくを見《み》て、目《め》を丸《まる》くする。

「タケル……どうしてここに？」

説明《せつめい》はあと。早《はや》くここから脱出《だっしゅつ》しなくちゃ。

ぼくはお父《とう》さんのパジャマのすそを引《ひ》っ張《ぱ》った。

「院長先生《いんちょうせんせい》！　早《はや》く玄関前《げんかんまえ》のシャッターを開《あ》けてください！」

クロさんがさけぶ。

「このままだと全員《ぜんいん》、焼《や》け死《し》んでしまいますよ！」

「それが……ダメなんだ」

院長先生《いんちょうせんせい》がこちらを見《み》ていった。ぼくたちがここにいることを少《すこ》しは疑問《ぎもん》に思《おも》ったのだろうが、そのことについてはいっさい言及《げんきゅう》しない。それどころではなかったのだろう。

「ダメってどういうことです？」

「配線《はいせん》が切《き》られているのか、ボタンをおしてもシャッターが動《うご》かないんだよ」

「……誰《だれ》がそんなことを？」

クロさんは忌々《いまいま》しそうにつぶやいた。誰《だれ》がやったかなんて、そんなことはわかりきっている。

ぼくたちをここへ閉《と》じこめた犯人《はんにん》の仕業《しわざ》だ。

「おい、美香《みか》！　しっかりしろ！」

卓郎君《たくろうくん》がさけんだ。美香《みか》ちゃんが廊下《ろうか》にうずくまっている。意識《いしき》はあるが、顔色《かおいろ》は死人《しにん》のように青《あお》ざめていた。

「……大丈夫《だいじょうぶ》」

そういって、美香《みか》ちゃんは苦《くる》しそうにせきこんだ。全然《ぜんぜん》、大丈夫《だいじょうぶ》そうには見《み》えない。

「ちょっと気分《きぶん》が悪《わる》くなっただけだから……」

炎《ほのお》はますます勢《いきお》いを増《ま》していた。いつの間《ま》にか、黒《くろ》い煙《けむり》があたりに立《た》ちこめている。

「みんな、鼻《はな》と口《くち》をふさげ！　煙《けむり》を吸《す》うと、一酸化炭素中毒《いっさんかたんそちゅうどく》で意識《いしき》を失《うしな》ってしまうぞ！」

少《すこ》し頭《あたま》がくらくらした。全身《ぜんしん》が熱《あつ》い。呼吸《こきゅう》をすると、のどが焼《や》けついたみたいにヒリヒリと痛《いた》んだ。

ぶおおおおおっ！

背後《はいご》から怪物《かいぶつ》の声《こえ》がひびいた。ぼくたちを追《お》いかけてきたらしい。

逃《に》げなければ殺《ころ》される。しかし、前方《ぜんぽう》は火《ひ》の海《うみ》だ。どうすることもできない。

絶体絶命《ぜったいぜつめい》の状況《じょうきょう》だった。怪物《かいぶつ》に食《く》い殺《ころ》されるのが先《さき》か、炎《ほのお》に巻《ま》かれて死《し》んでしまうのが先《さき》か

――この先《さき》に待《ま》ち受《う》けているものは、もはやバッドエンド以外《いがい》考《かんが》えられなかった。

怪物《かいぶつ》がぼくたちの前《まえ》で立《た》ち止《ど》まる。牙《きば》をむき出《だ》し、右《みぎ》うでを頭上高《ずじょうたか》くにふり上《あ》げた。

もうダメだ！
ぼくは目《め》を閉《と》じた。

どぉぉぉぉんっ！

爆音《ばくおん》がとどろく。天井《てんじょう》からコンクリートの破片《はへん》が落《お》ちてくるのがわかった。
……まだ生《い》きている？
おそるおそるまぶたを開《ひら》く。

どぉぉぉぉんっ！

再《ふたた》び地面《じめん》がゆれた。
怪物《かいぶつ》は玄関《げんかん》のとびらの外《そと》をふさいだシャッターに何度《なんど》も体当《たいあ》たりをくり返《かえ》している。

青《あお》い肌《はだ》がすりむけ、そこからねばねばとした液体《えきたい》がにじみ出《だ》す。それでも怪物《かいぶつ》は体当《たいあ》たりをやめなかった。

「ユズキちゃん……」

先生《せんせい》がつぶやくようにいった。

「もしかして……私《わたし》たちを助《たす》けようとしてくれているの？」

シャッターに亀裂《きれつ》が入《はい》った。怪物《かいぶつ》がからだをぶつけるたびに亀裂《きれつ》は拡《ひろ》がっていき、ついには派《は》手《で》な音《おと》を立《た》てて上部《じょうぶ》からちぎれ落《お》ちた。

「よし、これで外《そと》に出《で》られるぞ！」

「みんな、急《いそ》いで！」

歓声《かんせい》があがる。

力尽《ちからつ》きたのか、怪物《かいぶつ》はその場《ば》に座《すわ》りこんだ。

「ユズキちゃん、大丈夫《だいじょうぶ》？」

ハルナ先生《せんせい》が怪物《かいぶつ》のそばにかけ寄《よ》る。

ああ……ううう……

怪物《かいぶつ》は右手《みぎて》の人差《ひとさ》し指《ゆび》をハルナ先生《せんせい》にのばし、うなり声《ごえ》をもらした。

ハルナちゃん……ゴメンね……

そうつぶやいたように聞《き》こえたのは、ぼくの気《き》のせいだったのだろうか？

21 憎悪《ぞうお》のかたまり

黒《くろ》い煙《けむり》をはき出《だ》しながら、病院《びょういん》は燃《も》え続《つづ》けている。

命《いのち》からがら脱出《だっしゅつ》したぼくたちは、呆然《ぼうぜん》とその光景《こうけい》をながめるしかなかった。

クロさんに引《ひ》きずられるようにして外《そと》へ出《で》たハルナ先生《せんせい》は、ユズキちゃんの名《な》をさけびながら、うろうろと病院《びょういん》の周《まわ》りを歩《ある》き回《まわ》っている。でも、あの怪物《かいぶつ》が再《ふたた》び姿《すがた》を見《み》せることはなかった。今《いま》もまだ建物《たてもの》の中《なか》にいるのか、それともどこか安全《あんぜん》な場所《ばしょ》へ立《た》ち去《さ》ったのか、それはよくわからない。

大人《おとな》たちの携帯電話《けいたいでんわ》はすべて中庭《なかにわ》から見《み》つかった。クヌギの木《き》の下《した》にまとめて捨《す》てられていたのだ。すぐに院長先生《いんちょうせんせい》が119番《ばん》に連絡《れんらく》を入《い》れ、ぼくたちは消防車《しょうぼうしゃ》の到着《とうちゃく》を待《ま》つこととなった。

みんな、うかない表情《ひょうじょう》をはりつけてはいたけれど、かすり傷程度《きずていど》で大《おお》きなけがはないように見《み》えた。美香《みか》ちゃんの顔色《かおいろ》もすっかりもとにもどっている。お父《とう》さんの容態《ようだい》も問題《もんだい》なさそうだった。

ぼくはみんなの前《まえ》をはなれ、ある人物《じんぶつ》のにおいを追《お》った。少々《しょうしょう》、気《き》になることがあったからだ。

中庭《なかにわ》に捨《す》てられていた携帯電話《けいたいでんわ》からは、持《も》ち主以外《ぬしいがい》の人物《じんぶつ》のにおいも感《かん》じ取《と》ることができた。

たとえば、ハルナ先生《せんせい》のスマートフォンには卓郎君《たくろうくん》やたけし君《くん》のにおいも付着《ふちゃく》している。この病院《びょういん》へやって来《く》るとちゅう、先生《せんせい》のスマートフォンにさわったのだろう。そのこと自体《じたい》は、べつにどうだっていい。

問題《もんだい》はすべての携帯電話《けいたいでんわ》に、同《おな》じ人物《じんぶつ》のにおいが付着《ふちゃく》していたことだった。院長先生《いんちょうせんせい》、看護師《かんごし》二名《にめい》、お父《とう》さん、ハルナ先生《せんせい》、クロさん——六台《ろくだい》すべてからただよってくるにおい。それは、ぼくたちを病院内《びょういんない》に閉《と》じこめた犯人《はんにん》のにおいだと考《かんが》えてまちがいなかった。

その人物《じんぶつ》は駐車場《ちゅうしゃじょう》のすみに立《た》っていた。車《くるま》のかげに座《すわ》りこんで、夜空《よぞら》を見上《みあ》げている。ドアミラーにはショルダーバッグがひっかけてあった。ぼくはその人物《じんぶつ》に気《き》づかれないよう、ショルダーバッグの中身《なかみ》を探《さぐ》った。

注射器《ちゅうしゃき》が一《いち》ダース分入《ぶんはい》っている。そのうち、八本《はちほん》は使用済《しようず》みだった。思《おも》ったとおりだ。疑惑《ぎわく》は確信《かくしん》に変《か》わった。

「おや？　なにをしてるんだい？　こんなところで」

ようやくぼくの姿《すがた》に気《き》がついたのか、クロさんがこちらを向《む》いた。

全部《ぜんぶ》、おまえの仕業《しわざ》だったんだな！

ぼくは牙《きば》をむいてうなった。

クロさんは怪物《かいぶつ》に対《たい》して合計三本《ごうけいさんぼん》の注射《ちゅうしゃ》を打《う》った。それなのにどうして、八本《はちほん》の注射器《ちゅうしゃき》が使用《しよう》済《ず》みになっているのだろう？　答《こた》えは簡単《かんたん》だ。残《のこ》り五本《ごほん》は大人《おとな》たちをねむらせるために使《つか》われたのだ。

「そんなこわい顔《かお》をするなよ」

クロさんはのどを鳴《な》らして笑《わら》った。

「どうやら君《きみ》にはばれちゃったみたいだね」

悪《わる》びれることなく、そんな言葉《ことば》を口《くち》にする。

「ああ、そうさ。君《きみ》の思《おも》っているとおりだよ。この病院《びょういん》にかくされた秘密《ひみつ》をどうしても知《し》りたくってね。でも、簡単《かんたん》には近《ちか》づけないだろう？　だから、毒《どく》を盛《も》って君《きみ》たちの誰《だれ》かに入院《にゅういん》してもらうことにしたんだ」

ぼくは目《め》を見開《みひら》いた。

そこまでは気《き》づいていなかった。まさか、あのハイキングまでもが仕組《しく》まれたものだったなんて。

「この病院《びょういん》の院長《いんちょう》の親戚《しんせき》が卓郎君《たくろうくん》だと知《し》って、それを利用《りよう》しない手《て》はないと思《おも》った。卓郎君《たくろうくん》たちをハイキングに誘《さそ》って、食事《しょくじ》に毒《どく》キノコを混《ま》ぜれば、誰《だれ》かをこの病院《びょういん》に入院《にゅういん》させられるだろう？

責任《せきにん》を感《かん》じた僕《ぼく》は毎日《まいにち》のようにお見舞《みま》いにやって来《く》ることができる。そうすれば誰《だれ》にも疑《うたが》われずに、病院内《びょういんない》を調《しら》べまわれるって寸法《すんぽう》だ」

自分《じぶん》の練《ね》った完璧《かんぺき》な計画《けいかく》を誰《だれ》かにしゃべりたくて仕方《しかた》がなかったのかもしれない。クロさんは流暢《りゅうちょう》に言葉《ことば》を連《つら》ねた。

「ぼくが手《て》に入《い》れたかったのは、二十年前《にじゅうねんまえ》に入院《にゅういん》したオグラユズキちゃんのカルテだ。だけど、彼女《かのじょ》のカルテは厳重《げんじゅう》に保管《ほかん》されていて、院長以外《いんちょういがい》の誰《だれ》も閲覧《えつらん》することができないとわかった。院《いん》長先生《ちょうせんせい》と親《した》しくすることで、カルテが地下《ちか》の金庫《きんこ》にしまってあり、院長《いんちょう》が業務日報《ぎょうむにっぽう》に書《か》き記《しる》した三《みっ》つのクイズが金庫《きんこ》を開《ひら》く暗証番号《あんしょうばんごう》だということまではわかったんだけど、そこから先《さき》にどうしても進《すす》めない。どうすればいい？　と迷《まよ》っているところに君《きみ》たちがやって来《き》たんだ」

クロさんはさらに続《つづ》けた。

「ひろし君《くん》が並外《なみはず》れた頭脳《ずのう》の持《も》ち主《ぬし》だってことは、碧奥小学校《へきおしょうがっこう》の一件《いっけん》でわかっていた。だから、院長先生《いんちょうせんせい》の作《つく》ったパズルを病院内《びょういんない》のあちこちに置《お》いて、君《きみ》たちに暗証番号《あんしょうばんごう》を解明《かいめい》してもらおうととっさに考《かんが》えたんだよ。病院内《びょういんない》の大人《おとな》たちをねむらせたあと、緊急事態発生時《きんきゅうじたいはっせいじ》の警報装置《けいほうそうち》を作動《さどう》させた。もともとは、地下《ちか》に閉《と》じこめた巨大生物《きょだいせいぶつ》が逃《に》げ出《だ》したときのことを想定《そうてい》して設置《せっち》された装置《そうち》だったらしいけど」

…………。

おどろくべき告白《こくはく》の連続《れんぞく》に、ぼくはただ唖然《あぜん》とするしかなかった。

「ひろし君《くん》がハルナ先生《せんせい》に電話《でんわ》をかけたときは焦《あせ》ったよ。彼女《かのじょ》が警察《けいさつ》に通報《つうほう》する前《まえ》に、ねむらせる必要《ひつよう》があった。タケル君《くん》がダストシュートから病院内《びょういんない》に入《はい》ってくるのを見《み》かけたときはほっとしたね。僕《ぼく》はそのルートを利用《りよう》して病院《びょういん》の外《そと》に出《で》ると、すぐにハルナ先生《せんせい》をねむらせてレントゲン室《しつ》のロッカーへと運《はこ》んだ。もちろん、君《きみ》たちがダストシュートから逃《に》げ出《だ》さないように、接着剤《せっちゃくざい》でふたをすることは忘《わす》れなかったよ」

クロさんの告白《こくはく》は終《お》わらない。

「オグラユズキが壁《かべ》をぶち破《やぶ》って地下室《ちかしつ》から出《で》てきたことにはおどろいたよ。まさか、そこまでの怪力《かいりき》だとは思《おも》っていなかったからね。定期的《ていきてき》に鎮静剤《ちんせいざい》が投与《とうよ》されていたから、ふだんはそれほど暴《あば》れることもなかったらしいのだけれど……たぶん、警報装置《けいほうそうち》のサイレンにおどろいて興奮《こうふん》してしまったんだろうな」

……どうして？

ぼくはさけんだ。

どうして、ユズキちゃんのカルテが必要《ひつよう》だったの？

「どうして僕《ぼく》がオグラユズキのカルテをほしがったのか、疑問《ぎもん》に思《おも》っているのかな？」

クロさんはひどく勘《かん》がよかった。

「オグラユズキと同《おな》じように青《あお》い巨大生物《きょだいせいぶつ》へと姿《すがた》を変《か》えてしまった友達《ともだち》の命《いのち》を、どうしても救《すく》いたかったからだよ。彼女《かのじょ》のカルテを調《しら》べれば、なにかヒントをつかめるかもしれないと思《おも》ったんだ。残念《ざんねん》ながら、カルテを見《み》てもなにもわからなかったんだけどね」

……友達《ともだち》？

ぼくは首《くび》をひねった。

「僕《ぼく》の友達《ともだち》を見《み》せようか？」

クロさんは立《た》ち上《あ》がると、車《くるま》のドアを開《あ》けた。後部座席《こうぶざせき》から毛布《もうふ》をそっと取《と》り出《だ》す。毛布《もうふ》にくるまれていたのは片耳《かたみみ》のちぎれた白《しろ》ウサギだった。

「紹介《しょうかい》しよう。僕《ぼく》の親友《しんゆう》、ミミだ」

ウサギの頭《あたま》をなでながら、クロさんはくちびるをかんだ。

「あれからずっと目《め》を覚《さ》まさない。君《きみ》たちのせいだよ」

おだやかだったクロさんの表情《ひょうじょう》が、次第《しだい》に怒《いか》りの色《いろ》へと染《そ》まっていく。

「あの小学校《しょうがっこう》はミミのかくれ家《が》だった。ミミは人見知《ひとみし》りだ。誰《だれ》にも邪魔《じゃま》されたくなかった。だから、小学校《しょうがっこう》に侵入《しんにゅう》しようとしていた君《きみ》たちをおそって地下牢《ちかろう》に閉《と》じこめたんだ。ミミのえさになればいいと思《おも》った。それなのに――それなのに君《きみ》たちはミミを――」

いまだかつて味《あじ》わったことのない憎悪《ぞうお》の視線《しせん》に、ぼくは激《はげ》しい恐怖《きょうふ》を覚《おぼ》えた。

――ルールっていうのはね……

ふと、ハルナ先生《せんせい》の言葉《ことば》がよみがえる。

――それを守《まも》らないと迷惑《めいわく》をこうむる人《ひと》がいるから存在《そんざい》するのよ。

クロさんはなぜ、こんなにも怒《おこ》っているのだろう？　ぼくたちは知《し》らず知《し》らずのうちに、大切《たいせつ》なルールを破《やぶ》ってしまっていたのだろうか？

「僕《ぼく》は絶対《ぜったい》に、君《きみ》たちを許《ゆる》さないよ」

クロさんの声《こえ》はひどくふるえていた。

ひろしによる
なぞの解説《かいせつ》

99ページのなぞ

「ひとりだけうそをついています。その人が犯人《はんにん》です」という院長《いんちょう》の言葉《ことば》をヒントに、三人《さんにん》の証言《しょうげん》を整理《せいり》してみましょう。

長谷部《はせべ》…「井上《いのうえ》さんが犯人《はんにん》だ」
井上《いのうえ》…「川谷《かわたに》さんが犯人《はんにん》だ」
川谷《かわたに》…「私《わたし》は犯人《はんにん》ではない」

まず、長谷部《はせべ》さんが犯人《はんにん》だと仮定《かてい》すると、犯人《はんにん》である長谷部《はせべ》さん以外《いがい》に、井上《いのうえ》さんもうそをついていることになります。

川谷《かわたに》さんが犯人《はんにん》だと仮定《かてい》した場合《ばあい》も、川谷《かわたに》さん以外《いがい》に長谷部《はせべ》さんもうそをついていることになります。

井上《いのうえ》さんが犯人《はんにん》だった場合《ばあい》だけ、ほかの二人《ふたり》の証言《しょうげん》がうそにはならないので、花瓶《かびん》を割《わ》った人物《じんぶつ》は井上《いのうえ》さんだとわかります。

160ページのなぞ

すべての言葉《ことば》をひらがなに書《か》き直《なお》してみてください。

胃→い／注射→ちゅうしゃ
こたつ→こたつ
竹馬→たけうま
蚊取り線香→かとりせんこう
百日紅→さるすべり

これらの単語《たんご》には十二支《じゅうにし》の動物《どうぶつ》がかくれています。ちなみに、「い」は「いのしし（亥）」のことです。みなさんは十二支《じゅうにし》をすべていうことができますか？

177ページのなぞ

ひとつひとつ問題《もんだい》を解《と》いてみましょう。

1．人《ひと》の肺《はい》の表面積《ひょうめんせき》はテニスコート半分《はんぶん》とほぼ同《おな》じ大《おお》きさである。

答《こた》えは「イエス」。
肺《はい》の表面積《ひょうめんせき》は平均《へいきん》して六十《ろくじゅう》〜七十平方《しちじゅうへいほう》メートルあり、これはテニスコート半分《はんぶん》の面積《めんせき》とほぼ一致《いっち》します。

2．人《ひと》の血管《けっかん》をすべてつなぎ合《あ》わせると、東京《とうきょう》—大阪《おおさか》間《かん》と同《おな》じ距離《きょり》になる。

答《こた》えは「ノー」。正《ただ》しくは全長約十万《ぜんちょうやくじゅうまん》キロ。なんと地球二周半分《ちきゅうにしゅうはんぶん》の距離《きょり》があります。

3．人《ひと》の骨《ほね》の数《かず》は生《う》まれてから死《し》ぬまで変《か》わらない。

答《こた》えは「ノー」。大人《おとな》より子供《こども》のほうが骨《ほね》の数《かず》は多《おお》く、生《う》まれたばかりの赤《あか》ん坊《ぼう》は三百個以上《さんびゃっこいじょう》の骨《ほね》を持《も》っています。

これらの骨《ほね》は成長《せいちょう》するにしたがってくっつき合《あ》い、最終的《さいしゅうてき》には二〇六個《にひゃくろっこ》に落《お》ち着《つ》きます。

4．耳《みみ》と鼻《はな》は一生《いっしょう》、成長《せいちょう》し続《つづ》ける。

答《こた》えは「イエス」。骨《ほね》や筋肉《きんにく》とちがい、耳《みみ》や鼻《はな》の軟骨《なんこつ》は死《し》ぬまで成長《せいちょう》し続《つづ》けます。

金庫《きんこ》の番号《ばんごう》は？

「人体《じんたい》」にまつわる3つの問題《もんだい》を解《と》くと、金庫《きんこ》の番号《ばんごう》がわかる仕組《しく》みになっていました。

まず、「心《こころ》の問題《もんだい》」の答《こた》えは「井《い》の上《うえ》」。いのうえ、つまり「胃《い》の上《うえ》」にあるのは「食道《しょくどう》」です。食道《しょくどう》の模型《もけい》に書《か》かれていた数字《すうじ》は、【249】でした。

次《つぎ》に、「胃《い》の問題《もんだい》」の答《こた》えは「干支《えと》」。干支《えと》は十二支《じゅうにし》ともいい換《か》えることができますから、じゅうにし、つまり「十二指腸《じゅうにしちょう》」の模《も》型《けい》に書《か》かれていた数字《すうじ》【574】が第《だい》2のカギになります。

最後《さいご》に、「肺《はい》の問題《もんだい》」の答《こた》えは「イエス」「ノー」「ノー」「イエス」という順番《じゅんばん》でした。イエスは「はい」、つまり「肺《はい》」の模型《もけい》に書《か》かれていた数字《すうじ》「4」を、ノーは「のう」、つまり「脳《のう》」の模型《もけい》に書《か》かれていた数字《すうじ》「6」を当《あ》てはめ、【4664】となります。

すべての数字《すうじ》を足《た》した数字《すうじ》、【5487】が金庫《きんこ》の番号《ばんごう》でした。

碧奥病院《へきおびょういん》の見《み》取《と》り図《ず》

? 「なぞ」を見《み》つけた場所《ばしょ》
★「模型《もけい》」を見《み》つけた場所《ばしょ》

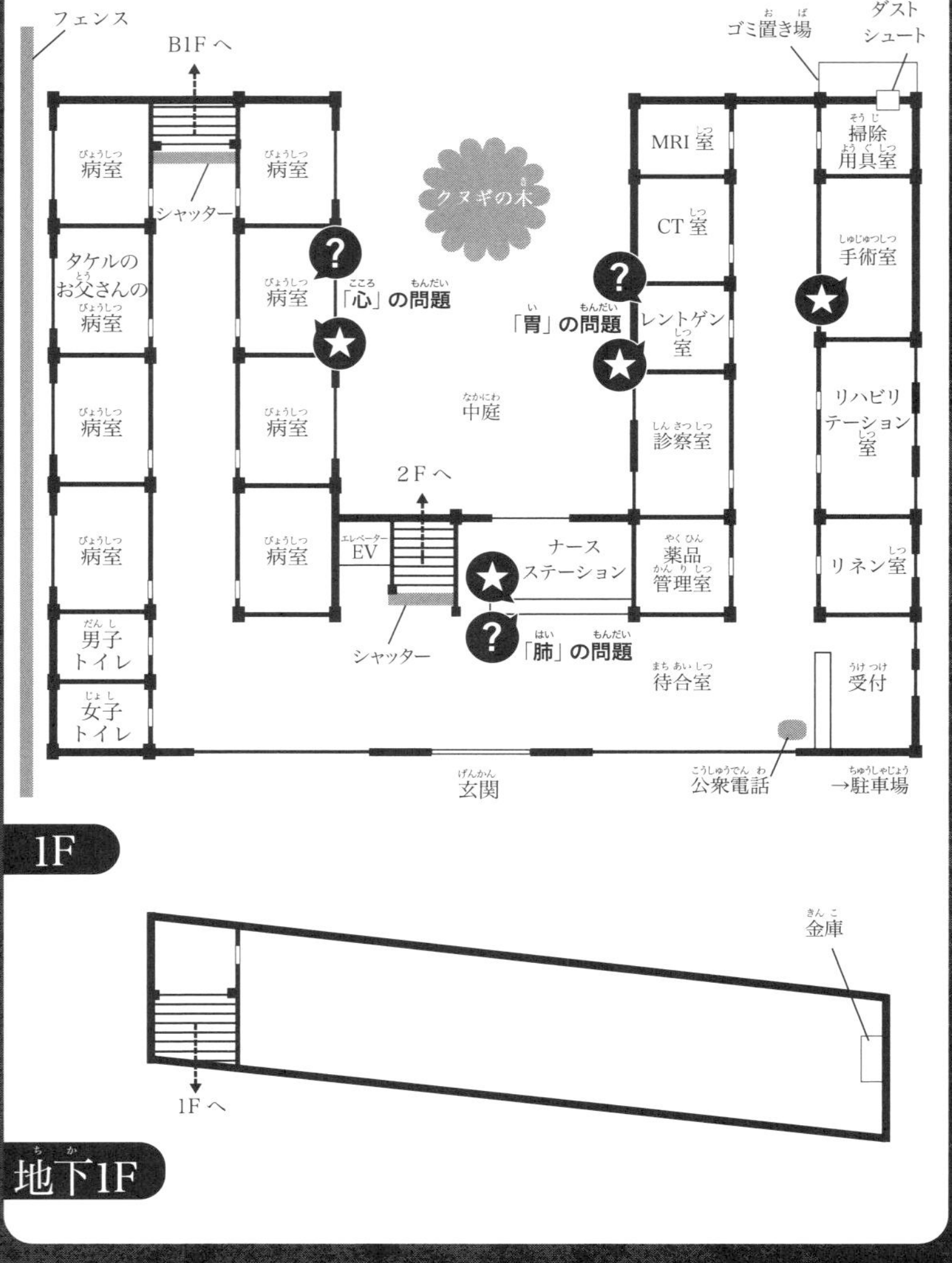

PHPジュニアノベル　の-1-3

●原作／noprops（ノプロプス）
『青鬼』の原作者であるゲーム制作者。PRGツクールXPで制作されたゲーム『青鬼』は、予想できない展開、ユニークな謎解き、恐怖感をあおるBGMなどゲーム性の高さが話題となり、ネットを中心に爆発的な人気を博した。『青鬼』制作以降も、多数の謎解きゲームを手掛けており、精力的に活動している。

●著／黒田研二（くろだ・けんじ）
作家。2000年に執筆した『ウェディング・ドレス』で第16回メフィスト賞を受賞しデビュー。近年は『逆転裁判』『逆転検事』のコミカライズやノベライズ、『真かまいたちの夜　11人目の訪問者』のメインシナリオなどゲーム関連の仕事も多数手掛けているほか、漫画『青鬼　元始編』（KADOKAWA）では、構成も担当した。

●イラスト／鈴羅木かりん（すずらぎ・かりん）
漫画家。「ガンガンパワード」及び「月刊ガンガンJOKER」にて人気コミック『ひぐらしのなく頃に』の「鬼隠し編」「罪滅し編」「祭囃し編」「賽殺し編」4編に加えて、漫画『青鬼　元始編』（KADOKAWA）でも作画を担当。かわいい絵柄から恐怖描写まで、真に迫った圧倒的な表情の描き分けに定評がある。

●デザイン
株式会社サンプラント
東郷猛

●組版
株式会社RUHIA

●プロデュース
小野くるみ（PHP研究所）

青鬼《あおおに》　真夜中《まよなか》の地下《ちか》病棟《びょうとう》

2018年11月30日　第1版第1刷発行

原　作　noprops
著　者　黒田研二
イラスト　鈴羅木かりん
発行者　後藤淳一
発行所　株式会社PHP研究所
東京本部　〒135-8137　江東区豊洲5-6-52
児童書出版部　TEL 03-3520-9635（編集）
普及部　TEL 03-3520-9630（販売）
京都本部　〒601-8411　京都市南区西九条北ノ内町11
PHP INTERFACE　https://www.php.co.jp/
印刷所・製本所　図書印刷株式会社

ISBN978-4-569-78819-7

NDC913　222P　18cm